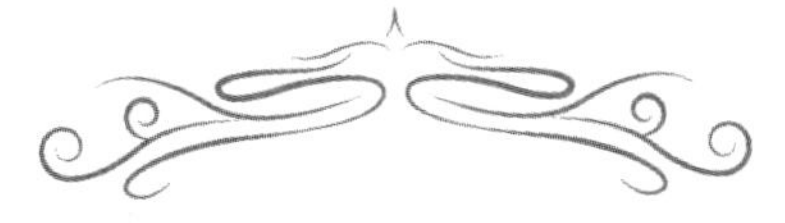

“枞阳文学精品丛书”
组委会名单

“枞阳文学精品丛书”编辑部名单

枞阳文学精品丛书（第四辑）

丛书主编◎章宪法

白荡湖边我的家

陶善才——著

合肥工业大学出版社

图书在版编目(CIP)数据

白荡湖边我的家/陶善才著. —合肥:合肥工业大学出版社,2021.9
(枞阳文学精品丛书. 第四辑)
ISBN 978-7-5650-5405-1

Ⅰ.①白… Ⅱ.①陶… Ⅲ.①散文集—中国—当代 Ⅳ.①I267

中国版本图书馆CIP数据核字(2021)第174776号

白荡湖边我的家

BAI DANG HUBIAN WODEJIA

陶善才 著　　责任编辑 疏利民

出 版	合肥工业大学出版社	版 次	2021年9月第1版
地 址	合肥市屯溪路193号	印 次	2022年4月第1次印刷
邮 编	230009	开 本	710毫米×1010毫米 1/16
电 话	理工图书出版中心:0551-62903018	总印张	123.75
	营销与储运管理中心:0551-62903198	总字数	1546千字
网 址	www.hfutpress.com.cn	印 刷	安徽联众印刷有限公司
E-mail	hfutpress@163.com	发 行	全国新华书店

ISBN 978-7-5650-5405-1　　总定价:432.00元(共9册)

序

心怀大爱，笔端沧桑

江少宾

水是生命之源，对水的追求，人类从未停止过。

水，润泽万物，孕育人类，也孕育了人类的文明。世界四大文明古国都因水而兴，也因水而盛。

孔子说“智者乐水”，老子说“上善若水”，自古以来，人们就对水有着一种亲近而又崇敬的特殊情感，焚泥结庐，择水而居，水一直是人类居住的首要选择。无论是“窗含西岭千秋雪，门泊东吴万里船”，还是“千里莺啼绿映红，水村山郭酒旗风”，抑或是“一水护田将绿绕，两山排闼送青来”，放眼唐诗宋词，古人对水岸的执着可谓无处不在。

长江流域湖泊众多，支流交错，是人类居住时间最长的地区之一。长江文明区域之广，文化遗址数量之多、密度之大，堪称世界之最，特别是长江文明中的“稻作文明”，对东亚文明和世界文明更是影响深远。

自世界屋脊顺流而下，进入八百里皖江，两侧湖泊尤其是北侧的湖泊明显多了起来，地处安徽省枞阳县腹地的白荡湖便是其中较大的一个，即便是在普通的中国地图上，也能看见白荡湖的轮廓。

白荡湖是枞阳人民的母亲湖，古称竹湖，因湖水清澈白皙，湖面碧波荡漾，故名“白荡”。早在5000年前，就有先民在白荡湖畔安营扎寨，他们在湖中捕鱼，在滩上耕作，靠着半农耕半渔猎的方式生存了下来。明清时期，大小船只由江入湖，日夜穿梭，白荡湖一度成为水上运输要道。1949年，白荡湖成为南下渡江大军的水上练兵场，在解放战争史上留下了光辉的一页。如今，白荡湖水域已是枞阳县水产业的重要基地，沿湖围垦而成的大小圩口，更是名副其实的粮仓。靠水吃水。没人知道白荡湖究竟养育了多少儿女，但每一个离开白荡湖的人，都记得鲫鱼、鲢鱼、鳊鱼、草鱼，记得莲藕、菱角、芡实、茭白……那是沿湖人家的恩物，取之不尽，用之不竭。我在白荡湖畔长大，熟悉白荡湖上渔舟唱晚，秋水长天，落霞与孤鹜齐飞的迷人景色。因此，当古道热肠的疏利民兄荐来乡贤陶善才先生的书稿《白荡湖边我的家》，并嘱我作序时，我竟欣然领命，且不揣浅陋，破例动笔了。

《白荡湖边我的家》所收录的散文，写的都是白荡湖边的人和事，既讴歌了湖畔人民勤劳、善良的品质，也抒写了人情世态，大类上属于乡土散文的范畴。乡土散文极易落入抒情乃至滥情的窠臼，作者显然注意到了这一点，这体现在行文上的高度自觉，他选择了一条平实的近乎白描的道路，不抒情，不煽情，更没有凌空高蹈的议论，有话则长，无话则短，甚至不避方言土语。如在第一辑《苦乐童年》中，《放鸡》《砍柴》《放牛的情结》，标题即是内容，一目了然；第二辑《人性世态》同样如此，作者写父亲的大砍斧，写河南大嫂，娓娓道来，如话家常，连夸张和比喻都很少，看上去土得掉渣，然而，正是这平民化的语言赋予作品形式上的灵活和内容上的独特。汪曾祺说过，语言不仅是形式，也是内容，语言和内容是同时存在、不可剥离的。古人也说“无一字无来历”，我们所用的语言都是有来历的，方言土语是一个地域的胎记，妥帖地使用，常能活灵活现。

和前两辑相比，后两辑《族史寻踪》和《湖畔沧桑》似乎要厚重一些，厚重无关文本长短，而是其中的部分文本具有一定的史料价值，同时也有社会学上田野调查的意义。“苍天之木，必有其根；怀山之水，必有其源。”相对于宏观的史学观照和史料钩沉，个人和家族的寻踪显然要轻松一些，以之为脉络呈现平凡人在历史大背景下的个体生命状态，见微知著，也是千百年来中国人重视血脉赓续的一种强大的文化力量。从这个意义上来说，《白荡湖边我的家》是有价值的，作者不仅编织了一幅朴实无华的乡土画卷，还避开了“宏大叙事”的传统套路，以平常心写平常事。散文易写而难工，难就难在以我手写我心。无论是写人还是叙事，万变不离其宗，在我看来，真诚而自由的书写，始终是散文写作的灵魂。在《湖畔沧桑》一辑中，作者以相当长的篇幅阐述了白荡湖的历史变迁，并对湖畔的生态环境进行了反思，拳拳赤子之心、殷殷赤子之爱，浸润字里行间。和纯粹的往事钩沉相比，我更欣赏这种真诚、全面，同时又近乎原生态的理性书写。

游子温馨的记忆，阻挡不了冷酷的别离，知识分子返乡留下的感伤式怀旧，较长时间内仍将是一个书写母题。但新时代需要新思想、新经验，乡村题材的写作者也需要丢弃“小悲欢”，以大视野和大情怀，深入挖掘新时代乡村精神的新内涵。

我离开白荡湖已经 20 多年了，善才先生离开的时间则更长，白荡湖边的村容村貌以及村民们的心理状态，都发生了天翻地覆的变化。善才先生笔下的那个白荡湖，我们都回不去了！回不去的，又岂止是白荡湖呢？都说吾心安处是故乡，远在异乡的善才先生想必也和我一样，经常梦见白荡湖，以及那些在湖边悠游的纯真年月吧？

不敢为序，谨表贺忱，与善才先生共勉。

2020 年 7 月，写于合肥

作者简介

江少宾，20 世纪 70 年代生于白荡湖畔。供职媒体，业余写作，散文作品先后获人民文学奖、老舍散文奖、冰心散文奖、西部文学奖等。著有散文集《爱着你的苦难》《回不去的故乡》《大地上的灯盏》等多部。

目录

第一辑

苦乐童年

放　　鸡

“放鸡”就是把鸡挑到村庄外面的田里去放养，时间一般在秋冬之际。

当年生产队大集体，一年种两季水稻，早稻成熟后要“双抢”，即一边抢收割，一边抢插晚稻秧，必须赶在立秋之前将晚稻秧插下去，否则就会影响晚稻的收成。深秋时节，晚稻成熟了，收割完毕，农村就转入冬修阶段，我们这些放牛的小孩也不必像春夏每天骑着牛到野外去放牧，我们要干的活儿，就是帮助家里的鸡找点吃的，以便多生几个蛋。

“春鸡大于牛”，说的是农村家庭中春天的鸡比耕牛还金贵。鸡是农村人家的盐钵子，如果谁家有十几只老母鸡，鸡又会生蛋，在青黄不接的春季，每天家里的鸡窝里捡到八九个鸡蛋，那真是天上掉下“金馅饼”，买咸盐，打煤油，手头就不愁没有活动钱了。

要想母鸡会生蛋，就要给它喂食，但在当时连人都难饱三餐，哪有粮食给鸡吃！当年“把鸡食”，无非就是一些粗糠加上洗碗水，再用棍子搅拌一下，放在破脸盆中，大人一声“啄啄”的呼唤，在外面饿极的鸡们便飞扑而来。脸盆中的鸡食并不多，一会儿就被鸡们啄个精光。鸡们显然没有吃饱，还在眼巴巴地等食，就被大人驱赶到外面去找野食了。“把鸡食”一天也就一两次，其余都靠鸡们自己去解决问题。鸡吃不饱，每只母鸡都精瘦精瘦的，多天甚至几个月都不下蛋，大人怪鸡不会生蛋，鸡也感到很委屈，每天都是半饱半饥的，哪有蛋卵产生呢！

为了让鸡们吃饱肚子，于是便出现了“放鸡”这一现象。第一个放鸡的是庄上的一位在家病休的“四属户”，他把鸡挑到离庄子两里之外的“大河场”，然后把鸡从团篮里放出，任鸡们在稻田里找食。“大河场”历史上是白荡湖的一片湖滩，1958 年圈圩后成了笃山圩内的一片圩田，圩田划分到生产队，每个队都有几十亩。各个生产队将晚稻收割运回后，田里还有许多散落的稻粒，当时田里的红花草刚刚发芽，散落到田间的稻谷遍地可见，正是鸡们难得一见的丰盛美餐。

有了“四属户”带头放鸡，我们也就跟着效仿，把鸡放到团篮中，上面用鸡罩罩上，然后挑到大河场，放到田里找食。其实根本就不需要“找”，稻粒遍地都是，更不要说还有许多谷粒堆在田缝中。鸡有了觅食的地方，放鸡的队伍也就越来越大，不仅有我们这些小孩，还有一些老年妇女。当然，青壮年男女劳动力不在我们放鸡的队伍之列，他们要参与冬修挑圩堤，每天早出晚归，放鸡的多是在家的“闲人”和我们这些小孩。

我们一般是上午放鸡，鸡在田里各自啄食，无须看管，稻粒供大于求，不必担心鸡们为抢食互相打架。为了度过上午难挨的时光，大人带上一副象棋，若谁会下棋便杀一盘。下棋的时候，我们小孩便在一旁围观，久而久之，竟然也熟悉了棋路，关键的时候，跳马还是出车，我们高声吼叫帮助参谋，有时还真的吼对了，一方输了不服气，于是便再来杀一盘。不知不觉，一上午时间很快就过去了，于是便就收鸡回家。这些鸡们也挺乖的，我们在围观下棋的时候，它们在田里尽情地啄食，啄得每只鸡的嗉包袋鼓得像个小气球。鸡们吃饱之后，又自觉地回到各自主人的团篮边，有的从鸡罩口钻进团篮，有的依偎在团篮边，顺从地任凭主人捉进篮中。

这些母鸡经过秋冬一段时间的放养，又大又肥，每一只拎在手上实沉实沉，过年时宰杀了一只，满肚的黄油和蛋卵。母亲边洗边惋惜地说，要是不杀的话，这些蛋仔到了开春就是一瓢又一瓢的鸡蛋。

过年之后，天气转暖，家里的母鸡陆续地下蛋了。当时家里有七八只母鸡，母亲每天在鸡窝里都能捡到四五个鸡蛋。鸡蛋又大又沉，母亲把鸡蛋捡放到葫芦瓢中，几天时间瓢就满了。母亲拎着鸡蛋卖给公家的食品组，一斤六毛钱，家里便有了买盐打煤油的零用钱；遇到进村摇着拨浪鼓的货郎担，母亲又用鸡蛋和他兑换一些必需的日用品，每个鸡蛋以六分折算，双方皆大欢喜；有时本庄熟人来借鸡蛋，说家里来了客人，母亲挑出又大又重的红壳鸡蛋递上去，熟人满脸堆笑和母亲道别；父亲是家里的主要劳动力，为了给父亲加餐，母亲有时便蒸上一大碗鸡蛋，里面拌上板酱和猪板油，甭提有多香。说是为父亲，我也跟着后面沾光，母亲看我那馋样子，笑着说，吃吧，家里的几只母鸡会生蛋，你有很大的功劳。母亲平时对我管教很严，很少当面夸我，听了母亲的表扬，感觉比吃了鸡蛋还带劲。

放鸡这年，是 1968 年，这年我正好 12 岁。

砍　柴

我 10 岁的时候，就帮助家里拾柴火，家乡称之为“砍柴”。这种“砍柴”的活儿一直干到 1971 年我读初中二年级为止。

实际上，“砍柴”的“砍”与我们所做的一点也不相符，说“拾柴”还更为贴切些。砍，一般指的是用刀砍伐那些树上比较坚硬的枝丫或山坡上的荆棘，而我们家乡是处在白荡湖畔的圩区，家里做饭烧的主要是稻草，除了稻草外，那就是我们小孩在野外拾回家的各种杂草。当然，这些杂草有的用手拔不动，也是要用刀砍的，所以，我们每天外出拾柴草，除了带上一根绳子，还要带上一把镰刀，拾好一堆柴草后，用绳子打成捆背回家。

我们砍柴的地点一般在“沙洲”“十八条田埂”和“小竹柯”三个地方。砍柴的小伙伴经常有三位，一女两男，都是一个生产队的发小。

我们最喜欢的地方是沙洲。经常吃过早饭后，三个小伙伴照例约好一道出门去沙洲。沙洲处在孙家圩埂北端的外侧，内侧是孙家圩，外侧是一块长条形的洲，面积有几十亩，东边沿着洲的是一条宽十几米的长河，我们称之为“小河”。小河东通笃山大圩堤的排灌站，北经沙洲直到笃山大圩西北边的尽头，全长有十几公里。小河几乎把笃山大圩绕了一圈，它是一条活水的长河，因而小河的水非常清澈。我们之所以选择在沙洲砍柴，就是因为喜欢这条小河，累了热了，就跳到小河里洗个冷水澡。

据老人说，沙洲过去是白荡湖畔的一个沙滩，笃山大圩圈成后，过去的湖滩变成了圩田，沙洲曾经也是田，但因关不住水，便成了沙地。沙洲有生产队的地，也有私人的自留地，生产队的地夏种山芋秋种油菜，私人的自留地一般都是夏种高粱秋种萝卜和白菜。沙洲因土壤的透水性好，特别适合种植这些农作物，收获的山芋又红又大又光滑，萝卜又白又圆又脆甜。山芋长成时，我们还在地中间偷偷地抠出几根来充饥。沙地松软，非常好抠，山芋抠出后，又把坑填起来，即便来了大人，也无法觉察我们抠了山芋。

沙洲的杂草主要是茅草和绊根草，但很稀疏，这里一团，那里一块，要耐心去找。

茅草多是长在孙家圩的埂脚下，我们家乡称它为“毛狗草”，因它成熟后，顶端长出像狗尾巴一样的穗花，故称之。穗花上布满了细细的刺毛，十分糊人（“糊人”是家乡方言，指又痒又痛很难受），我和另一位男孩赤裸着身体，身上沾满了细毛，便跳到小河洗个痛快。可难为了那位女孩，她虽穿着衣服，但脸上、腿上和胳膊都沾满了细毛，自然也感到难受，她在岸上很羡慕我们，我们在她面前也显得十分得意。

绊根草多是长在田埂地头，这种草长不高，它像巴壁虎一样匍匐在地面上，草径四处伸展，长的伸出一米开外，如果抓住主根一拽，起来就是一大片，拽不起来就用刀割断，几棵绊根草就是一大把。绊根草很有骨子（“骨子”指有硬度），烧起灶来火力旺，并且还发出“啪啪”的脆响，又很经烧（“经烧”，指火旺的时间较长），因此我们砍柴都喜欢找绊根草。经过半个上午的努力，终于砍了几堆柴草，这时还不急着回家，将柴草摊开在烈日下晒瘪，我们则到小河边的柳荫下玩着抓石子的游戏，将近中午，才把已经晒瘪的柴草打捆回家。

当然，在沙洲砍柴也不是每一次都能砍到一大捆，当年到处都是光秃秃的，为了避免空手回家，有时就去私人的自留地里偷偷地捋些高粱叶子，再去河边拉上一些水草。水草不好烧，只冒浓烟不出火，拉些水草仅仅是为了充数。沙洲柴草砍光了，我们便转移战场，到“十八条田埂”找柴火。

“十八条田埂”在孙家圩西边，处在红花山与孙家圩之间。

在白荡湖还没有围湖造田的过去，我们家乡的龙口街是一个古渡口，项铺、白梅等山里人要出远门到下江去（“下江”指长江下游，大通、芜湖、南京等地），必须要经过龙口街的古渡口。进入孙家圩境内，有一条旱路直通我们村口的“喊气岭”，这条旱路不到一公里长，路下是一块一块的稻田，一块稻田一条田埂，十八块稻田，十八条田埂，因此这一段路又被称为“十八条田埂”。

“十八条田埂”下面是圩田，上面是红花山，这一区域的田和地一级高过一级，呈梯形，上一道田埂与下一道田埂都有一两米高的落差，这一两米高的埂壁上长满了野蒿、茅草等各种杂草，有的地方还有矮树荆棘，正是我们砍柴的好去处。但这些地方是禁止砍柴的，原因是田埂下面是稻禾，田埂上面是黄豆，在高高的埂壁上砍柴可能会损坏水稻和黄豆；同时，埂壁上的植被还有保持水土的作用，毁掉了植被，陡峭的埂壁就有塌陷的可能。因此，在这一区域砍柴，有人的时候，我们就在孙家圩内的田埂上割一些水草；无人的时候，就到“十八条田埂”的埂壁上去偷砍。偷砍就像打游击，趁着没人的空档，钻到埂壁上，挥起镰刀，十几分钟的工夫，就能砍下一大抱柴火。空当的时间一般是在正午之后，这时各生产队在田畈里劳动的社员都已收工回家，大热天他们还要休息一会，一般不会再往田畈里跑。有时在埂壁上偷砍，突然钻出一条蛇，现在想到蛇，感到很恐惧，但在当时我们这些野惯的孩子，特别是我，看到蛇虽然有些吃惊，但并不是那么特别的恐惧，小时候赤手空拳敢捉蛇，何况手上还有一把刀。我们最怕的是马蜂。一次偷砍埂壁上的荆棘矮树，碰到了马蜂窝，马蜂漫天飞舞，我撒腿就跑，脸颊还是被蜇了一下，眼睛肿得都睁不开，这以后，很少再去“十八条田埂”偷砍了。

“小竹柯”在我们村庄的南面，离庄子也就两三百米远近。“小竹柯”濒临白荡湖（现在已成豸岭大圩），根据地名推测，这里历史上大概是一片竹林，后来竹子没有了，全是庄稼地和坟包，庄稼地多是私人的自留地，地埂的柴火都有明确的产权，自然不允许我们随便砍，于是我们就在坟包上砍草皮，草皮太浅无法砍，便带上锄头锄草皮，草皮被连根锄起，将沾在上面的散土敲净，晒干了也很经烧。从今天的风俗文化来看，在人家的坟头上锄草皮是一件大逆不道的事情。1969 年发大水，家家缺吃缺烧，我曾带着小妹拾柴火，一位本庄同龄的女孩指责小妹在她家的坟头上锄了草皮，我说没有，并发火上前与她理论，这时女孩从小妹篮子中拎起一块草皮，说这个是刚才在这里挖的。人赃俱获，我哑口无言，小妹当年才 9 岁，童心无欺。小妹长大后为人一直很诚实，我常笑她从小就老实，并常举这个事例来证明。

1969 年 6 月发大水，沿湖的大小圩口几乎全部溃破，家乡东、南、西三面全部被水淹没，家家缺粮缺柴，有门路的与生产队协商好外出搞副业，无门路的还在生产队参加集体劳动，每天望湖兴叹。也有一些小能人，用家里的门板扎成木排在湖中捞水稻。六月底水稻已勾头成熟，大堤溃破，即将成熟的水稻全部沉没湖底，十几天后稻秆在水底下腐烂，这些小能人便用镰刀绑在竹竿上捞取，每天收获颇丰。还有一些人“守株待兔”，专门等在湖边捞浪渣。破堤后的湖面非常宽阔，稍微有点风，便是白浪滔天，这些浪头把湖中的烂草卷到岸边，人们便捞起晾晒当柴火。我当年在同龄人中的水性算棒的，这时算有了用武之地。我不满足于在湖边等候浪渣，而是游到湖中，扎猛子在水底下用手捞。因为经常在“十八条田埂”砍柴，对孙家圩的地形非常熟悉，哪里是河沟，哪里是田块，哪里早稻已经金黄，哪里稻草最为丰厚，都烂熟于心，一个猛子扎下去，十拿九稳就有一大抱烂稻草浮出水面。

我在孙家圩的水中央捞了近一个月，每天都有几大捆烂稻草到家。“水火不留情”，在水中捞柴草的一个月，母亲反复告诫我要在岸边捞，千万不要到水深的地方，我都撒谎说是湖里的风浪卷到岸边的，她要是知道我每天游到离岸 200 米的深水中捞柴草，还不暴打阻止才怪呢！

在缺吃缺烧的 1969 年，我为家里在湖里所捞的烂稻草烧了几个月，解决了水灾之年的柴荒。我长成大人后，母亲还时不时地提起这事，说我小时候很泼（“泼”指做事不怕吃苦，很有效果）。听了母亲的夸奖，我的心里自然是美滋滋的。

放牛的情结

我时时忘不了童年放牛的日子。

乡野儿童放牛的生活，在画家和诗人的笔下往往是一幅人与自然和谐共处的美丽图景："草满池塘水满陂，山衔落日浸寒漪。牧童归去横牛背，短笛无腔信口吹。"（宋代诗人雷震《村晚》）乡村水美草肥，傍晚牧童骑着吃饱了的水牛，信口吹着笛子，优哉游哉地走向村庄，清新美丽的大自然与天真活泼、无忧无虑的牧童跃然纸上。如此美丽的乡村环境和悠然自得的放牧生活，让人心旷神怡，谁不向往呢？历史上广袤的中国农村，人烟稀少，全国总人口也只有几千万，中国人口上亿也只是乾隆朝才开始的。较少的人口与广袤的土地，良好的生态环境，人类与其他物种各取所需，山上、平原、河边，芳草遍地，羊咩牛欢，放牛自然是一种无忧无虑、轻松悠闲的快乐生活。然而我的童年时代，我的放牛生活，固然有与牛相伴的快乐，但并非无忧无虑，其间，有着许多难忘的记忆，有快乐，也有无奈，以至几十年后，我还常在梦中回到当年放牛的日子，在放牛时被许多无奈所缠绕，又在缠绕中惊醒。

我是1968年接过三姐的牛绳放牛的，1971年小妹又接过我的牛绳继续放牛。我家放的是一条大水牮牛（即母牛）。这头牛从1964年起交到我家，一直到1977年老死，都是由我家放牧。我家人口多，只有父亲一个男劳力，父亲是手艺人出身，生产队一天只给他八分工（最高一天十分工，青壮年男劳力都拿十分工），二姐也是八分工一天。从我记事时起，母亲一直身体不好，主要是做家务活。1965年弟弟出世，一家七口人，挣工分的只有父亲和二姐，因而生产队年终结算时，我家几乎年年超支要出钱，拿不出钱，生产队就扣工分粮。为了解决家里工分不足的问题，生产队照顾我们家给放一条牛，放牛的工分每天二分五，放牛的任务由三姐承担，三姐当年才11岁。

1968年，三姐开始在生产队挣工分了，于是我接过了三姐手中的放牛绳。我第一次到牛栏牵牛，水牛认生，突然头一摆，牛角向我牾来，我猝不及防，差点跌倒。我举起放牛棍，带着哭腔，对牛一边抽打一边骂："我让你牾！让你牾！"打得牛在栏内满地转。"牛要打，马要鞭，小孩子不打要上天"，正应了农村人常说的一句口头禅。一顿棍子抽打之后，我征服了牛，从此我和它朝夕相处，它在我面前乖多了。

在没有机械耕田的年代，牛是生产队的"第一生产力"，是种田人的命根子。有的生产队没有牛，或者牛力不够用，只能向邻队去租牛。当时我们生产队有三头牛，除了我家放的大水牛，还有一头小水牛和一头黄牛。大水牛和小水牛是"母女"关系，几年前小水牛降生时，全队社员奔走相告，比自己生下儿子还高兴。大水牛下崽，正是三姐放牛的时期，下的又是一条水牮牛，大家笑得合不拢嘴，农村生孩子重男轻女，但生牛则"重女轻男"，牮牛比牯牛金贵。大家夸奖我家会放牛，大水牛膘肥体壮，小水牛健康可爱，几年后小水牛也成了任劳任怨干重活的"力牛"。

我们家也的确会放牛。冬天，不用耕地，是牛养精蓄锐的休息时节，父亲将牛栏的一边铺上厚厚的一层稻草，在牛栏的另一边的拐角处挖一个平缓的浅坑，父亲让牛睡在厚草上，牛屎牛尿则屙到浅坑中。有时牛在草上撒尿，又在湿草上一夜卧睡到天亮，父亲清早起来接牛尿，见牛不按时间不按地点撒尿，一边对牛大声呵斥，一边将湿草换为干草。牛栏就在我家门前，有时父亲还半夜起来前往牛栏，看看牛有没有又在睡的地方撒尿。牛似乎知错，以后屙屎撒尿都挺有规律。

清晨，父亲把牛从栏内牵出，晚上吃了一夜的枯草，清早必须要牵到塘边把牛水。牛到塘边一般要屙屎屙尿，粪瓢事前就已准备就绪，牛吃得多，屙得也多，一次能接半粪桶屎尿，满粪桶屎尿交到生产队，可以记上一分工。如果是晴天，上午将牛牵出牛栏，拴在村庄东头的一棵“黄栗头”古树根上，这里冬暖夏凉，从生产队的草堆上拔来一堆枯草放在牛嘴边，牛吃着枯草，肚子饱了，便席地而卧，眯着眼睛，咀嚼着枯草，享受着冬天暖烘烘的阳光。

天寒地冻的雪天，为了给牛加些营养，父亲到生产队的仓库里端来一块菜籽饼，然后把它锤成粉末，用脸盆盛上给牛加餐。一个冬天，牛吃的基本全是枯草。枯草不养牛，牛在冬天养得都皮毛干枯而憔悴，没有什么水色，好在冬天牛不用干重活。

冬去春来，马上要迎接春耕生产了，早稻秧田要提前做，圩里水田要提前犁，牛要上场出力了。此时大地也已披绿，牛可以出栏到野外放牧了。每天早晨照例还是父亲把牛牵出放牧，父亲过去不怎么早起，家里每天早起的是母亲，但为了牛，父亲也习惯早早起床了，他对我初次放牛还不怎么放心，特别是听到上次大水牛认生牾我，很是担心。父亲把牛牵到野外放牧，天还没亮的大清早很少有人放牛，唯有父亲一人，牛可以尽情随便吃，有时牛还可以偷吃一下田里的红花草，一会儿牛就吃饱了，这时天才大亮。父亲说，大清早放牛，露水草最养牛。父亲说得一点不假，开春不长的时间，经过父亲的精心放牧，大水牛又皮毛发亮、膘肥体壮了。

春耕大忙的季节，人忙牛更忙，我们生产队一百多亩田，犁田、耙田全靠母女两头牛。每天天刚放亮，生产队长的哨声便把社员们从睡梦中唤醒，全队男女劳动力习惯性地集中到庄子东头的大黄栗树下，哪些人做田（犁、耖、耙），哪些人车水，哪些人拔秧，哪些人插秧，队长照例熟练地向各人下派任务。

用牛的人一般都是种田的“老把式”，在生产队都是很牛的人，如果在收工的时间放牛的人去迟了，他会发脾气，甚至在放牛的孩子还没有接牛的情况下，便把牛抛在田里自己回家，任牛随意乱窜乱跑。干了重活饿极了的牛，自然四处寻食，结果糟蹋了本队或邻队的庄稼，这在当时可是个“大事件”，或扣工分，或遭到邻队的上门责问。因此，每天早上、中午和傍晚，我们都要提前背着一捆青草到用牛人做田的地方，牛还没有歇工，我们就在田埂上等候。

当年生产队集体劳动，早上和中午收工与动工（即“出工”）的间歇时间大约也只有一个小时，当然，夏天“双抢”时中午间歇的时间要长点，因为中午正是高温的时点，中午不休息一下，人和牛都受不了。春耕季节这一个小时的间歇时间，也没有地方放牛，即便有地方放牛，时间也来不及，因此必须提前割好牛草。我家放牧的水牛个头大，力气大，食量也大，每顿要吃几十斤青草。每次我背去的一捆青草吃完了，它似乎还想吃，而当时割牛草也非常不容易，田间、地头，河边、沟汊，到处找青草，青草不够量，就配些红花草，但红花草又不能多吃，吃多了会胀气，周边生产队常有牛吃多了红花草而胀死的传闻。因此，每次背草去田间喂牛，先喂些红花草垫个底，然后再堆放所割的青草，任其狼吞虎咽。

早稻秧全部插下后，春耕大忙算落下帷幕。我们是圩区，田多地少，没有多少地可犁，牛也比较清闲些了。从早稻秧全部插下田到双抢之前这两个多月时间，我们放牛的小孩子便进入每天骑牛到野外放牧阶段。

到村庄野外放牛，大致有三个地方：笃山头、孙家圩、大河场。

骑牛是最开心的事，清早把牛从栏内牵出，若想骑牛，先把脚踏到牛角根处，牛就很配合地低下头，然后头一抬，就把你送到牛背上。上了牛背那一刻特别爽，仿佛骑着高头大马，当年喜欢看小人书，小人书中那些骑马的将军好神气，觉得自己仿佛也是了。当年骑在牛背上，那真是一个骑牛的高手，再陡的山坡也不用下来。牛上陡坡时，我们便趴下，身体前倾贴在牛背上，双手拽住牛颈部的长毛，双腿紧紧夹住牛肚子，几乎与牛融为一体；牛下陡坡时，用手拽住牛尾巴，身体仰在牛背上，似乎牛背是板床，在上面仰着睡觉。有时牛在行走中，我有意地站在牛背上，无论牛快走还是慢走，我站得稳稳当当，就像牛背上长了一根树桩，在众人的目光和指点中，我感到非常得意。有时，也模仿着骑马，用棍子抽牛让它跑起来，牛在小步跑中，我在牛背上一颠一颠的，显得非常惬意。一次牛在孙家圩的圩埂上小步跑中，不知受到什么惊吓，突然狂奔起来，我一时不知所措，用手拽着牛绳让它停下来，可怎么都拽不住，它还是一个劲地狂奔，在田里劳动的社员都大惊失色。受惊的牛狂奔了 200 米，我从牛背上重重地摔了下来。牛还在继续狂奔，抬起的前脚正要踩到我的头，见我摔倒在地，抬起的脚又收了回去，原地站立不动停下来。大家都为我捏了一把汗，一些人跑过来，一边控制好牛，一边抱起我抖了又抖，大家都说万幸，老祖上坐得高，要是一脚踩下去就没有命了。后来父母知道这件事，没有惩罚牛，却把我惩罚了一顿。

笃山头是我家乡的一座小山头，面积不到一平方公里，海拔不过几十米，但因为它耸立在白荡湖畔，周边十几里都没有山头，所以显得非常高大。笃山头上树木森森，山脚是平缓的山坡，山坡上覆盖着绿色植被，牛在上面啃吃，我们在上面翻滚，好不快活。小时候，我特别爱讲故事，还会编故事，放牛的小伙伴们围坐在草皮上，听我在神侃，个个听得如醉如痴。村庄还有几位不是放牛的小伙伴也成了我的“粉丝”，我到哪里，他们也跟到哪里，有时还代我牵牛，我成了“孩子王”。

孙家圩是村庄北边的一口小圩，圩内田埂纵横交错，在圩内田埂上放牛就不能骑在牛背上了，因为田埂旁的稻禾与田埂边的青草紧紧相连，埂上的青草浅而稀疏，牛啃那浅疏的埂草不过瘾，而田里绿油油的稻禾旺盛而茂密，对饥饿的牛有极大的诱惑力。为了防止牛吃稻禾，必须从牛背上下来牵紧牛绳，而且牛绳要拽得极短，并把一根棍子拦在牛嘴的一侧。即便这样，牛还是来个"顺手牵羊"，长而有力的舌头顺口扫一把稻禾到嘴里。各个生产队也担心在圩里放牧，牛会吃稻禾，队长们扛着一把铁锹，在圩里来回巡视，当看到他们田边的稻禾被牛吃了数棵时，立刻大发雷霆，似乎要用肩上的铁锹拍牛打人。我放的这头牛特别犟，尽管牵紧牛鼻绳索，严防死守，但是它要吃稻禾，还是防不住。它的头一摆，巨大的力气几乎把你拽到田里，因而我放牛走过的那条田埂，有时牛吃的稻禾算多的。记得曾在孙家圩外的土宕边，我家的牛吃了宕边私人自留地里的一棵黄豆苗，自留地的主人是笃山生产队的一个"小狠人"，他气势汹汹地夺过我手中的牛绳，牵到不远处的我家的河边菜地，抽打着牛在菜地里猛踩猛踏，算是对我家的牛吃了他家一棵黄豆苗的报复，之后我每次在孙家圩放牛都战战兢兢。为了避免这种恐惧，有时牛在孙家圩内放一会，便转移到红花山去了。

"红花山"并不是一座山，而是孙家圩西南边的一道较为平缓的山岗，属于八家咀队，不过我们队也有两块地夹在这里。在红花山放牧，八家咀村庄放牛的孩子有些欺生。当年大集体到处开荒，红花山几乎全是庄稼地，唯有一些坟茔错落在成片的地块之间，一些牛在坟茔上啃草皮。坟茔上也有人种了南瓜，稍不小心就吃了人家的瓜藤，放牧的空间本来就很小，我们来到红花山，挤占了他们的放牧空间，他们就想赶走我们，但他们不敢和我们打架。我小时候打架很"嗨"（指泼辣），他们的一些同龄人领教过我的"嗨"劲，不敢主动与我交手，便用他们的牛来驱赶我们的牛。相互敌视的放牛的小伙伴之间，驱赶着牛来相互斗角打架是常有的事。我们是一壮一少"母女"两头牛，我们队年少的水牸牛就像一位温顺的姑娘，从不惹是生非，它由一位同龄的余姓小伙伴放牧。八家咀队的一位少年放的是一条大水牯牛，体型庞大，角尖且长，一看就是一个好战的凶神。这条大水牯牛直奔我们年少的水牸牛，年少的水牸牛吓得撒腿就跑，我放牧的大水牛就在一旁，见到它的女儿被大水牯牛欺负，便挣脱我手中的缰绳奔向大水牯牛，两条体型相差无几的大水牛在山芋地中交织在一起，用它们的长角相互抵牾，你不让我，我不让你，不时地发出“嘭嘭”的撞击声。我们放牛的孩子谁也不敢走近，谁也没有能力将它们强行分开，我们害怕会出大事，如果一条牛在打斗中受伤或斗死，那就是“天塌下来”的大事件。八家咀队放牛的孩子显然也吓着了，跑回村庄叫来大人，大人也无法分开正在恶斗的两头牛，后来众多的大人拿来长棍和扁担，两头庞然大物大概也斗累了，便各退一步而分开。这一战，虽让我受到惊吓，但我的牛在远近也出了大名，谁也不敢轻易驱牛来挑战，余姓放牛的小伙伴后来简直与我形影不分离，他生怕单独一人放牛受欺负。

“大河场”离我们村庄大约一公里，这里过去是我们村庄东边的一片湖滩，1958 年围湖造田，笃山大圩圈成后，这片湖滩成了一片圩田，圩田从北边的小河处向南由高而低，最低的地方叫“大白”。因这里长年积水，白茫茫的一片，故称“大白”。“大白”后来也成了田，不过“大白”的稻田水涝严重，一年只种一季水稻，秧苗插下后望天收，任其自生自灭，当然好年成也有不菲的收获。“大白”这一片田，田埂窄，埂基软，秧苗插下后很少有人光顾，因而杂草丛生，我们放牛的孩子每天骑着牛到处找草源，实在找不到让牛吃个饱的理想的草源。骑牛来到“大河场”，先在小河边，然后由北向南放牧，田埂越来越窄，来到“大白”处，发现田与田之间的埂上茂密的青草一尺多深，正是理想的草源，但问题又来了，不足一尺宽的田埂，怎么容得了体型庞大的牛呢？加之田埂几乎是烂泥堆起，人在上面走都往下陷，怎么能承受得住牛的体重！牛见了这么好的草不肯走，我和余姓小伙伴也不想走，心存侥幸，反正这里偏僻，踩了稻禾无人看到。牛在窄窄的田埂上贪婪地吃着，虽然没有吃稻禾，但田埂边的稻禾还是被牛的大脚踩了几棵，要是被人看见肯定摊上是非。这天，牛总算是解了一顿馋。

次日照例又去大河场，开始不敢再去“大白”，但“大白”的诱惑力太强了，又和余姓小伙伴牵牛到“大白”。这时一个女的也牵了一条小黄牛过来放牧，她见我们在那极窄的田埂上放牛，说我们的牛踩了她们队的稻禾。我们见她是个女的，并不害怕，她骂我们，我们回骂。于是她气势汹汹地跑过来，扬起她手中的放牛棍，对着我身上猛抽数下，下手之狠，痛得我“嗷嗷”地哭叫。这是一个接近成年的大姑娘，我当年 12 岁，根本就不是她的对手，她又抽打我的牛，牛在田里打转踩踏了不少稻禾。我们拽着牛，狼狈地离开了“大白”。

我们放牛找草源，最远的地方是笃山大圩的大埂堤。笃山大圩的大埂堤离我们家大约三公里，在“大河场”的正前方，邻队几个放牛的玩伴也加入了我们的队伍，清早骑着牛，就像跨马远征。来到大埂堤，堤内半尺多深的草皮又厚又软，把牛绳挽在牛角上，任其自由啃吃，不必担心它乱跑，这些鲜嫩的青草就像磁铁把这些牛吸在埂堤内。当年圈起笃山大圩，万亩湖滩变成圩田，这些圩田由全白云区统一平均分配。白云区有六个公社，除了我们金渡公社的两个大队靠近笃山大圩外，其他公社基本都靠近山里，最远的离笃山大圩有十多公里，他们在笃山大圩分到的田基本都靠近大埂堤。他们把早稻秧插下后，很少再来圩里，他们的牛更不会牵到这里来放牧。埂堤肥沃的泥土，把堤内的草皮催生得像厚厚的绿色地毯，让我们这些圩边每天寻找草源的放牛娃捡了一个大便宜。当然，这时白荡湖的水位还很低，还不是防汛的季节，汛期断然是不允许牛上埂堤的。

牛在堤内悠闲地吃草，我们无事便下湖游泳。这里是白荡湖西北边的尾梢，没有圈圩的时候湖面还很宽阔，笃山大圩堤拔地而起，把这里宽阔的湖面几乎全部切去，剩下的湖面只有两三百米宽，说是湖，其实就是直通白梅山里的河道了。河道两边的水面上长满了荷叶，我们循着荷叶一个猛子扎下去，便捅起一条又白又嫩的藕心菜，往嘴里一塞就咬起来。河里鱼也很多，我们扎猛子在水底下，不时地碰到鲫鱼在我们身边绕来绕去，当你抓它时，它又不知跑到哪里去了。我们还比赛看谁游得最远，当你向对岸游去，游到河的中央时，四面白茫茫的一片，唯有自己孤零零地在一片茫茫的水域之中，心里还真有些发虚。当有的同伴在岸上高喊“快回来，别再游”时，我们也就顺应地往回游。上了岸，牛们都吃饱了，有的站立，悠闲地甩着尾巴；有的卧在堤脚的草皮上，眯着眼睛优哉游哉地咀嚼着草。我们各自牵上自己的牛，跨到牛背上，手里还抓着一大把藕心菜。此时已接近中午，我们大清早出门，还没有吃早饭，农村种田人常说：“狗无中餐，猫无晚餐，放牛的小伙子无早餐。”此话一点不虚。

到了“双抢”季节，无论牛还是人，比春耕更忙更苦更疲劳。我们放牛的孩子，照例每天要给牛提前割草，村庄附近的草割光了，就到远地割。一次去离我们家一公里之外的锁圩割，割好之后，我们打捆，余姓小伙伴力气比我小，很沉的一捆草在地上，他背不起来，于是我放下已在背上的一捆草，从后面双手托起草垛帮他往上举。他蹲在地上猛地站起来，插在草中的镰刀一下子剐掉了我膝盖上的一块肉，鲜血直流。我真的想上去揍他，他显然也吓傻了。我们还是背起草，他害怕地跟在我的后面，我一跛一跛地往家走。我赤着脚，一路留下血脚印，一些路人看到发出“啧啧”的惊讶声。回到家，母亲用青灰拌香油为我止了血，母亲又心痛又责骂，又指责余姓小伙伴的父母不是人，孩子闯了祸，大人也不过来道个歉，更别指望他家能拿些鸡蛋过来为我补补身。大概血流得太多，又没有营养及时补充，我的身体从这以后非常虚弱，几年之后才慢慢有所恢复。多少年后，我们都已是中年人，我有时回到村庄，庄上的发小在一块相聚，余姓小伙伴还羞愧地提及这事，我也笑着捋起裤腿，指着膝盖下的一块像嘴唇一样的疤痕给他看。

中午和下午，天上烈日晒，地上热气蒸，田里的水被烈日晒得烫脚，牛在田里喘着粗气，艰难地迈着步子，走慢了一点，用牛人就在后面用棍子抽打，牛的后背上留下一道道棍痕，有的地方还被打破了。那一刻，我觉得牛太可怜了，我幼小的心灵不觉悲从中来。回家我把用牛人打牛的情况对母亲讲了，母亲说，牛是大牲畜，虽讲不来话，但通人性，那个鬼这么打牛要遭报应的。

每天正午收工，我在田里接过牛给它喂草，牛似乎没有往常的食欲，大概太累了，我把牛牵到河里打冷（指牛偎在河水中）。在河里打冷过后，牛才恢复元气，才开始吃草。吃完草后，又继续在河中打冷，算是饭后的休息，直到下午用牛人上工又牵走。

夏天的傍晚，是牛最痛苦最难耐的时刻，这不仅仅是指牛干了一天的力气活多苦多累，而是又苦又累的牛又遇到了它的天敌的骚扰。圩区的田间，有一种黄头苍蝇，比牛虻小，与普通苍蝇差不多大小。与普通苍蝇相比，这种黄头苍蝇特别嗜血，它们专门对牛叮咬。它们非常狡猾，不叮牛背，因为那里的皮厚叮不进，也不叮牛身的两侧，因为牛尾不停地扫打两侧，它们专门叮咬牛的肚皮和牛后胯的内侧，这里皮薄，牛尾又无法扫到。傍晚我从用牛人手中接过牛，直见牛尾不停地甩扫，又不停地抖动着身体，显得很痛苦的样子。我低下头朝牛的肚皮上望去，肚皮上叮满了黄头苍蝇，我一巴掌拍下去，全手掌都是血糊糊的蝇尸，于是我不停地拍打，牛似乎懂得我的善意，站在田埂上纹丝不动，任我拍打。拍打得差不多了，我的手掌沾满了血，散发着一股浓浓的血腥味，在田里随便洗了一下手，牵着牛往回走。但这些嗜血的苍蝇是拍不尽的，它们闻到了血腥味，又不断地冒出来，牛一路不停地甩尾巴，一路不停地抖身子，到了家门口的大塘边，牛迫不及待地到水塘打冷，这些黄头苍蝇才无可奈何地散去。

1968 年秋季，农村倡导“大联合”。“大联合”就是相邻的几个小生产队合并为一个大生产队。这年底，我们生产队与大竹队、笃山队合并在一起，人口有300多名，取名为“东方红”生产队。合并后的生产队，大水牛还是由我家放牧，那条年轻的水牸牛也还是跟着余姓小伙伴。

这以后的1969年、1970年，我放牛的故事基本上大同小异。1971年，我读初二，放牛影响了我的学习成绩，于是小妹接过我手中的牛绳，小妹当年也仅11岁。

尽管磨合了三年，人们总觉得“大联合”不利于生产管理，同时，联合后的各小队之间都存在着“小算盘”（指各自利益），矛盾经常不断，于是这年底，“东方红”大生产队又还原为过去三个独立的小生产队，集体财产又重新划分，我家放牧的大水牛是大家公认的最强的一条牛，理当作为一股，仍留在我们小队。大水牛的女儿——那条由余姓小伙伴放牧的年轻水牸牛，划分到笃山生产队。形影不离的“母女”两头牛从此分开了。

高中毕业后我回家务农，有时经过笃山生产队的庄子，看到这条年轻的“女儿”牛拴在庄子的路边，它正值壮年，虽然体型比“母亲”小点，但也像它的“母亲”当年一样，干活时力气大得惊人，且任劳任怨，脾气又比它的“母亲”温顺得多。它的“母亲”与它相比，显然苍老多了，“母女”俩有时偶尔相遇，还相互用身子蹭一下，用舌头舔一舔，打个招呼以示亲热。

1977年冬天，大水牛卧栏不起了，也不怎么进食了，它实在太老了，大家都说它恐怕熬不过这个冬天。果然，在一个风雪交加的清晨，父亲照例进栏准备喂水喂牛草，发现大水牛的躯体已经僵硬了。这年，我已在大队当会计，晚上都睡在大队部值班，早上办公完毕回家吃早饭，听说大水牛晚上死了，心里还升起莫名的难受之情。从1964年算起，大水牛在我家待了14年，我无疑和大水牛有了很深的感情。

大水牛死后，由父亲动手对它进行剥皮肢解，大水牛生前体型庞大，死后肉也很多，生产队20多户人家，每家都分到了10多斤肉，剩余的做了人情，送给有关友人。

1982年，我大学毕业分配到浮山中学教书，当时农村已包产到户，暑假期间帮助家里“双抢”，又经过笃山生产队的村庄，在庄头见到了大水牛的“女儿”，“女儿”也明显地苍老了，无精打采地卧在树荫下咀嚼着草料。它的“黄金岁月”过去了，我想到了它的归宿，它也会和它的妈妈一样，生前任人驱使，为生产队干活任劳任怨，身后再把自己的身躯全部分享给生产队的人们，成为他们的一顿美餐。想到这些，我不觉悲悯起来，大千世界，形形色色，有的生命一来到世上，大概就注定一生只知道无私地付出，而从来就没有想到过索取吧。

老屋的记忆

很久前就想写一篇有关老屋的文字，因为我的童年和青少年都是在老屋度过的。虽然老屋今天已荡然无存，但是在我的脑海中总是挥之不去，很想用文字把它复原起来，但又不知从何写起，就从记忆深刻的几个片段写起吧。

杨家五义堂

我的家乡在今天金社乡龙口村的竹柯村庄，庄子上的人清一色地姓杨，仅我家和两户人家是杂姓。杨姓人家都出自一个祖宗，所以大人见面一般都是按照辈分大小相称呼，除了吵嘴打架，很少有直呼其名的。因为我的曾祖母也来自本庄的杨姓，所以，庄上的人见到我父亲打招呼一般称“老表”，或随孩子称“表爷”。杨姓到底是从哪一年哪个地方移民到本庄落户的？由于家谱无存，现在健在的杨氏族人，都说不清是哪位祖先哪个年代从哪个地方迁徙定居竹柯的。过去村庄的名字，多是依据该地域的形状特征来起名的，如果谁是这里的开庄主人，前面便加上开庄主人的姓，所以“竹柯”又称“杨家竹柯”。“竹柯”的地名，很容易让人联想到“茂林修竹”。我完全相信在几百年前的农耕社会，我们村庄四周就是一片茂林修竹。因为在过去没有圈圩的年代，我们村庄就在白荡湖畔的岗峦上，东、南、西三面环水，唯有北面直通山里（今项铺、白梅一带），而水源丰富、日照充足、气温适度的岗峦丘野地带，自然是生态优美、宜人宜居的。

竹柯自然庄，以相隔两百米的中间带划分，一北一南又分大竹柯和小竹柯，估计是杨氏先人弟兄分家，形成了两个支房。两个房头人丁都很兴旺，都集中建有成片的瓦房，而最为气派的，是新中国成立后我们家老屋的所在地——杨家五义堂。

“五义堂”工程，是经过两代人的努力而竣工的。杨氏一位先人发了财，于是便买田买地和建造房屋。先人盖了第一进，坐东朝西，面向六开间，南三间，北两间，中间是门楼。

门楼又宽又高，四周石鼓立柱，上面穿枋，枋上面架着粗大的冬瓜梁，显得庄重而气派。大门也十分气派，大门下面两边是对称的由巨大青石做成的长方形石墩，石墩上面雕龙画凤；中间一道门槛也是由青石条做成的，同样也是雕龙画凤；大门下面的门轴直接插入石墩固定的孔眼中，大门非常沉重，由上等的结实木料做成，每一扇门都有一百多斤重，一扇门安上或卸下，都需要两三个壮劳力合力完成。我还记得小时候过年，有的人家杀猪，便将大门托卸下来做肉案，都是庄上几个最有力气的男劳力来卸大门。土改后杨家的房子分掉了，大门没有了主人，周边庄上人家杀猪都来卸大门。我家就住在大门楼内，每天早晚开大门关大门都是父亲，每年在大门上贴对联也是父亲，来卸大门的人，客气的向父亲打个招呼，不客气的卸下就抬走。大门做了几十年的肉案，除了上面留下一些刀痕外，仍完好无损。

大门下部分与青石条门槛之间，有一道约半尺高的缝隙空间，夏天晚上关上大门，这道缝隙空间可与外界通风；冬天则有一个特制的“门副槛”往缝隙空间上一插，缝隙空间便密不透风。土改后，这个“门副槛”我们从来也没有用过，放在一旁的地上当凳子，缝隙空间成了家里一条大黄狗的安全通道，晚上狗睡在大门楼内，外面一有风吹草动，狗就钻出门缝护家。

杨家先人盖了第一进，随着儿女的增多，房子不够住了，先人有五个儿子，长大后，又在第一进的后面，仿造第一进的模式，接着盖了二、三、四、五进。五进建筑连成一个整体，这便是“五义堂”。为何称为“五义堂”？“兄弟同心，其利断金”，大概是五个儿子在父亲建房的基础上，深明大义，同心协力，共同完成了宏图大业，又恰好是五进。

第二进其实不算房子，而是一座用每块 10 多斤重的青砖砌成的类似古代城门的建筑。它高高地耸起，超过所有屋顶的高度，实际上就是门楼。人们习惯上称第一进的大门为“大门楼”，实际上第二进高高耸起的门楼才是“大门楼”，门楼与大门连成一体，人们跨进了大门槛内，也就相当于跨进了“大门楼”。

大门楼的大门，还有一段测人智商的传说。据说杨氏某家有一个儿了，已经成年脑子还不开窍，大家怀疑是个傻子。一次，一位杨氏长辈出了一个点子对这个傻子进行测试，叫人拿来一根扁担，把“傻子”的双臂平行地绑在扁担上，然后叫“傻子”跨进大门楼。“傻子”走近大门，并没有直挺挺地向里跨，而是把身子转了 90 度，侧着身体进了大门楼。“傻子”的家人喜出望外，认为他的儿子并不傻，只是智慧开得迟而已。“傻子”的家人摆了几桌酒席，隆重地宴请了杨氏长辈及亲友。

门楼两边是天井，天井下面有向外排水的涵洞，雨下得再大，都不会往屋内漫水。

以大门为中轴线，穿过大门楼，便是五义堂的堂心，人称“老堂心”。“老堂心”也是穿枋式结构，四面拐角都是石鼓立柱。“老堂心”很大，有几间房子大小，是杨氏族人举族活动的场所。

穿过老堂心，又是天井；穿过天井，是第四进的一个独立空间，人称“小堂心”，也是杨氏族人举行公共活动的场所，不过它比“老堂心”要小得多，从我记事时，里面就有一张方形大桌和几条长板凳，大概过去是杨氏长辈经常碰头的地方。

最后一进的空间是放祖宗牌位的地方，由低而高的数级龛台上，有序地放着杨氏列祖列宗的牌位，里面光线比较昏暗，有些瘆人，如果没有大人在场，小孩子单独是不敢往里钻的。最后一进的一侧有一道后门，从第一进的大门到第五进的后门，再走出后门，是一米宽的屋檐，屋檐围绕着五义堂四周，即便是下雨天气，都可以穿着布鞋沿着屋檐到任何一家造访聊天。

老堂心的历史功能

土改后，五义堂的“老堂心”及每一进中轴线的空间，成了集体的公产，它们在不同的历史时期承担了不同的历史功能。

听父亲说，“老堂心”在新中国成立初期办过学校。当时，为了配合国家扫盲政策，各地都在办学校，由于没有校舍，各地的祠堂、堂心便成了临时教室，学生多是来自本庄或邻庄的学龄少年。当时的学生年龄参差不齐，小的八九岁，大的十五六岁，都在一个班。当时如果能念个高小毕业，都可以安排工作。我的大姐也在这个班，属于年龄偏大的学生，后来因家里需要劳动力而辍学，班上一位与她同年的杨姓女生，小学毕业后在陈瑶湖新华书店工作，而大姐几年后则与本庄一位青年结了婚，每天“面朝黄土背朝天”，干着永远做不完的繁重农活。一二十年后，大姐还埋怨母亲，说自己考试成绩每次都是班上第一，要不是母亲强行将她停学，现在肯定也是上班拿工资的。

当时当老师的文化程度也不是很高，由于文化人少，往往校长、老师一人挑。父亲说在“老堂心”办学，第一任校长叫孙某某，和父亲交情很深。后来孙校长当了我们公社“红旗初中”的校长，记得 1970 年我在红旗初中读书，孙校长带我们政治课，知道我家在小竹柯，又姓陶，还问某某人是不是我的父亲，我点头说是。回家后，我把孙校长的问话告诉了父亲，父亲十分高兴，说孙校长这么多年了还记得他。

在“老堂心”上课的老师中，大家印象最深的是一位叫吴家龙的老师，并在茶余饭后或孩子不听话时常提到他，说吴家龙老师非常严厉，对一些调皮捣蛋的学生不但拉出去罚站，还揪头发，用脚踢，学生都怕他。一些捣蛋鬼见到他就像乖孙子。吴家龙老师家住白荡湖的东部，也就是现在的横埠镇的吴家咀，离我们杨家小竹柯约有 10 公里，几年后他调回家乡。多年后大家还常想起他，还常议论吴家龙老师，议论中并没有半点贬义，反而赞扬他这种师道尊严的做法。纯朴的农村人，有的多少代都是“睁眼瞎子”，总希望在自己的手上让孩子有些文化，他们自己无能为力，便把希望寄托在老师严厉的管教上。他们相信代代相传的“养不教，父之过；教不严，师之惰”的古训，总是把“先生打了无人保”这句话挂在嘴上。

1958 年，大队盖起了学校，也就是现在的笃山小学，师生转移到笃山小学后，五义堂的“老堂心”又成了生产队的大食堂。每天，许多妇女在里面做菜、做饭、洗碗，我的母亲也是其中的一员。我每天跟在母亲后面在“老堂心”玩耍，饭菜做好了，一些妇女用小碗盛上饭菜让我先吃，还拽着我头上的小辫子，逗我到底是男孩还是女孩。农村重男轻女，我前面有三个姐姐，还有两个哥哥先后夭折，母亲 38 岁时生下我，我仿佛天上掉下的一条龙，备受家人宠爱，因为怕又夭折，按农村人的老经验，把男孩当作女孩养就比较好养，因此我从出世，胎毛就一直没有剃过，扎着两个小辫子，陌生人还真的以为我是个小女孩。

大食堂办的时间不长，以后就出现了“三年困难时期”。

村庄出现了外地乞讨者的身影，我们庄上人都很善良，虽然自己的日子也半饱半饥，但只要有乞讨者上门，多少都要从锅里盛上一点给他们。小孩子们不知大人的艰难，有时也学着外地乞讨者的腔调，觉得很好玩。一次，我和一位小伙伴在“老堂心”玩耍，一个乞讨者刚从我家门口离开，我便和小伙伴跑到第四进的空间，敲着一位杨氏长辈的大门，学着他的腔调乞讨。长辈以为真的是外地的小花子（指年幼的乞讨者），打开门见是我们两个小淘气鬼，拿起竹棍要抽我们。

“三年困难时期”度过之后，农村又恢复了生机，正月和腊月的农闲时间，一年忙到头的人们为丰富自己的精神文化生活，经常在“老堂心”自娱自乐，表演一些节目。节目有舞灯，有打锣鼓，有说古书。

舞灯是舞的河蚌灯，一位化妆成女人的壮汉显得十分滑稽可笑，他裹在巨大的红色蚌壳内，一会儿张开蚌壳，一会儿闭上蚌壳。他要把化妆成一只鸟的人夹进蚌壳内，两人在场内转来转去，结果“河蚌”与“鸟”胶着在一起，相互拉扯，谁都占不到上风，最后一位打鱼的老翁来了，一网将“河蚌”与“鸟”全部收走。观看的人里三层外三层，不时地哄堂大笑，我被架在父亲的肩膀上，也莫名其妙地跟着乐。

当时生产队有一副锣鼓，鼓、锣、钗、钹、磬，样样齐全，平时不用的时候就存放在“老堂心”固定的地方，也不担心有人会偷走。正、腊月农闲，一群经过挑选的年轻人在为首者的组织下，熟练地拿起锣鼓家伙就演奏，大铜锣“哐哐”的洪亮声响，冲破天井，把全庄的男女老少吸引到“老堂心”。表演锣鼓的年轻人，或摇头摆尾，或庄重肃穆，一会儿动作徐缓，如老人漫步；一会儿动作急促，如骏马奔腾。在敲打锣鼓的过程中，这群年轻人的神态，如入无人之境，他们似乎与乐器融为一体，完全沉浸在锣鼓声中，仿佛忘记身边还有许多人在围观。

在“老堂心”说书，是大家自发的。记得一位叫“老汉”的杨某，旧社会时期曾在芜湖闯码头，见过世面，平时喜欢讲段子，大家在他的段子中往往笑得前俯后仰。当三五成群的人聚集在“老堂心”，他就开始逗乐，敲打着拍子学着说书人的模样，一会儿讲，一会儿唱，那模样仿佛受过专业训练似的，大家的注意力一下子就被他吸引了过去。他经常说唱的内容是《杨家将》，大概杨姓人都以“杨”家将而自豪吧。

除了说唱，“老堂心”一旦有三五个人坐在一起，就有一位老人来谈文（指讲故事）。这位老人就是我曾在他家门口学着外地腔调向他乞讨的杨氏长辈。这位长辈是本庄文化程度最高的老人，我的父亲非常尊敬他，听父亲说我的名字就是这位长辈给起的，名字寓意希望我善良又有才华。老人谈文，常讲《三国演义》和《薛仁贵征东》，讲到张飞大闹长坂坡，讲到李世民落难薛仁贵相救，听得我如痴如醉。父亲知道我喜欢听故事，以后晚上串门，还常常领着我穿过“老堂心”，到他家里听他谈文。

“文革”过后，各个学校开始恢复上课，村里许多早已到了学龄的孩子要读书，生产队办起了民办学校，“老堂心”又成了学堂，一年级和二年级学生混在一起，由一位回原籍的公办教师复式教学，每天几十个孩子跨进大门楼，经过我家门口，然后蹦蹦跳跳进堂心。这些小学生中，一位女生已经 13 岁，恰与我同年。这么大了才上一年级，我都为她感到难为情，但她丝毫不觉得有什么，除了认真听课外，还帮助老师管纪律。多年后，每每忆起她当时阳光快乐的学习神态，感到难为情的不是她，而是我自己。

两年后，随着入学孩子的增多，“老堂心”容纳不下了，民办学校移到村庄南头的中心队屋，老堂心又变成了生产队的储藏室，专门堆放水车、犁耙等农具。

我家的老屋

应该说，建于太平天国时期的五义堂，就是一片老屋，我家的老屋，不过是五义堂这片老屋中的一间半房子而已。父亲生前一直叨念毛主席好，叨念共产党好，原因是像父亲这些在过去上无片瓦、下无寸土的贫农在新中国成立后翻了身。土改时，我家分到了一间半房子，房子就在大门楼内，一间是靠南的正房，一间是将大门厅隔成三分之一，算是半间。当年我还没有出世，父母带着几个孩子，总算有了栖身之地。

随着妹妹和弟弟的出世，家里人口多了，虽然大姐已经出嫁，但住房仍然很拥挤，祖居地的祖母有时还要下来住一段时间，三代同室，拥挤不堪，二姐有时只好出去与家里宽敞的女友同寝。好在当时老屋的家人只是在吃饭和睡觉的时间才回来，白天家里基本没有人，屋虽小仍可照样过日子。

冬天睡觉，我们几个姐弟跟着父亲挤在一张床上，虽然掀开被子全是腿，但抱团取暖，一点也不感到冷。夏天的夜晚，上半夜我们在塘边乘凉，下半夜我们回屋子睡觉，床上铺着陈年的竹篾垫子，母亲傍晚早早地就把蚊帐中的蚊子赶跑，我和妹妹、弟弟三人钻进蚊帐，睡在凉冰冰的竹垫上，很快就进入梦乡。第二天醒来，我们就像水老鼠，爬下床，竹垫上三块湿漉漉的水印，显然是我们三人身上的汗珠洇湿了竹垫，与现在优越的住房条件相比，老屋虽然矮小闷热，但我们当时并不怕热。

我们住在老屋，最难忘的还有"斗鼠"与"斗雨"。老鼠是老屋的常客，尤其夜晚，每天晚上一吹灯，众多老鼠不知从什么地方冒出来，在屋梁上蹿跳，在床顶上打架，有时打架掉下来砸到我的脸上，爬起来抓鼠，它又跑了。为了防止老鼠肆无忌惮地乱窜，父亲学猫叫，一开始有效，安静了一会，时间久了又没有效果。父亲只好备一根竹棍，一旦老鼠在床上打架，父亲就用竹棍敲打床顶。这样的持久战，一直到我离开家乡，离开老屋，才避开其烦。

老屋因年代久远，屋头的瓦块经岁月剥蚀，多有破碎残缺，又有野猫、老鼠在屋头上跑动，瓦块与瓦块之间的接头被挪位，虽也请过师傅检修，但因无力添置新瓦，一到雨天，外面大雨，家里小雨；外面雨停，家里还下雨。每次和雨斗，全家齐上阵，拿脸盆，端木盆，甚至水瓢都派上用场，专接那些漏雨最凶的地方。最烦人的是半夜下雨，我们正在睡梦中，突然床上滴水了，父亲说漏雨了，他起来点油灯拿脸盆，我们则往没有漏水的地方滚，继续酣睡。如果雨下得特别大，父亲把我们喊起来，我们揉着惺忪的睡眼，跌跌撞撞帮助父母去“斗雨”，这一“斗”，下半夜也就无法入睡了。

老屋的大门楼内，住着两户人家，除我们一家外，还有北边的一户杨姓人家。大门楼内两米多宽的过道，是我们两家共同出入的地方。过道不大的空间，除了两家人进进出出外，还有两家的鸡、鸭、猪混杂在一起，大人们干活回家的时候，大门楼内共享的空间便显得十分拥挤。我小时候对这户人家的印象并不怎么好，感觉他家老是歧视我家是杂姓，常因一些鸡毛蒜皮的事含沙射影、指桑骂槐。他家人少，我家人多孩子多，我们白天都喜欢坐在大门楼的青石条门槛或两边的青石墩上玩耍，尤其是夏天，还有外来几个铁杆子玩伴，光着屁股坐在凉冰冰的青石门槛上，真是爽极了。孩子们的嬉闹，自然给大人进出带来不便，于是，吹胡子瞪眼便出现了。每遇到这户人家不高兴，母亲就骂我，给他家赔不是。母亲在家对儿女管教很严厉，在外却夹着尾巴做人，她知道在杂姓窝里过日子不容易，是母亲的忍辱与包容，化解了许多磕磕碰碰的大小矛盾。

夏天我活动的空间除了大门楼，还有大门内的天井和门前的水塘。当年大姐在天井栽了一棵杏树，由于土壤肥沃，杏树长得很快，几年就超过了大门楼的高度，结的杏子又多又大又甜。杏子成熟时，我每天都要爬到这棵杏树上，采摘那些又大又黄的杏子，边摘边吃边抛给树下几位眼巴巴地仰望着杏树的小玩伴。有时母亲从外面干活回来，见我爬到树上，便厉声令我快下来，我知道下来屁股上会挨几巴掌，便趴在树上不肯动。母亲见状便找来一根长竹竿，于是我又向更高的树丫上攀爬，母亲终于妥协了。

从小母亲就为我算过命，说要防高和防水，所以对我上树和下水塘，母亲是谆谆告诫、严防死守的。大门楼前有一口方圆数亩的大水塘，为了防止我到水塘洗冷水澡，母亲用锅烟在我的屁股上做个记号，如果锅烟没有了，必定是下了水塘，无疑又要挨一顿打。可如同爬树一样，洗冷水澡也是我十分喜爱的活动，一旦到了水塘边，如同瘾君子见到鸦片烟，母亲平时的谆谆告诫早就抛到了一边，先是两脚站在水中，然后再往深处慢慢挪步，水在大腿沟，屁股的记号还在水上面。有时不小心，记号没有了，母亲回来一边用专用的细竹枝抽打我的屁股，一边又继续用锅烟在我的屁股上抹上两道黑印。后来我想到了应对母亲的办法，如果锅烟没有了，也让小伙伴学着母亲用锅烟在我的屁股上抹上两道印。在与母亲的周旋中，我在大门楼前的大水塘里，终于学会了游泳，练就了下水的胆量，练就了后来能驰骋白荡湖的绝好水性。

村口旧忆

很小的时候，大人出门要到什么地方去，常听到他们挂在嘴边的话：“到高头去。”“到底下去”。“高头”是指西北方向的山里，项铺、白梅一带，“底下”是指东南方向的湖边，汤沟、白荡闸一带。那个时候人们很少出远门，村庄大多数人足迹最远的大概也就这一区域了。

无论是到高头去还是到底下去，我们的村口都是必经之地。20世纪50年代的村口可不是现在这个样子，一条弯弯曲曲的田埂小路从西北方向通往我们村口，村口有几棵古老的大枫树，树干粗得量不过来，三四个大人也难以合抱。从村口往东南方向是一道几百米长的陡坡，一条羊肠小路沿坡而上，两边树木遮天蔽日，常有野兔野鸡出没其间，这道陡坡被村里人称为“喊气岭”。“喊气”是方言，指的是喘气，大概这道坡又长又陡，在过去交通落后的年代，人们赶旱路来到这里，尤其是挑着担子的人们，要翻过这道长坡，的确要大喘粗气，“喊气岭”大概由此而得名。下了“喊气岭”又是一条平坦的小路，一边是山岗丘陵，一边是水塘田冲。再往前是我儿时的笃山小学，笃山小学再往里面走，就是漫漫无边的白荡湖，湖的那边就是汤沟、白荡闸一带。这就是半个多世纪前我们村口的地理概貌。

我们村庄的名字叫竹柯。“竹柯”名字的由来，自然与竹木分不开，可以想象当年村庄茂林修竹的生态美景，时常从老年人的回忆中也证实了我的想象。站在笃山头上俯视我们的村庄，除西北方向是一道绵延的山峦外，其他三面都是一望无际的圩田，东边是笃山大圩，南边是鳌山大圩，西边是豸岭大圩。在历史上没有圈圩的年代，我们的村庄是三面环水的，到了汛期，白荡湖的水直达村口。在这样的地理气候条件下，大自然在我们村口的杰作自然是美不胜收了。

村口的大枫树下，夏天的热浪把几乎全村的人都赶到了这里。中午，骄阳似火，低矮的茅屋闷热难耐，男人们从田间劳作回来，赶紧扒上几口饭，便来到大枫树下休息。说来也怪，即便极热的天气，空气仿佛能点着火，枝繁叶茂的大枫树下却凉风习习，人们随便选择一块地方卧下，马上就会鼾声如雷。

枫树上面是一群一群的大鸟，嘴长腿长，专爱吃小鱼和泥鳅，村里人称之为“泥鹊”。泥鹊在树上飞旋，嘴里衔着小鱼或泥鳅或小虾，放进鸟窝后便扑打着翅膀大声地叫唤，其他的鸟儿也跟着叫唤，一时鸟声此起彼伏，树上的鸟声与树下的鼾声交融在一起，是一曲绝妙的人与自然的交响乐。

大人们也有讨厌鸟的时候。鸟儿在树上拉屎，落到大人们的脸上，大人们虽有些厌烦，但也不十分在意，把草帽遮盖在脸上，又继续鼾睡。但鸟窝里的臭鱼臭虾掉到身上就不一样了。大腿或肚皮上落下小鱼小虾，引来无数的蚂蚁，等到大人们醒来，有的蚂蚁已钻进裤衩，又痛又痒，实在难以忍受，便赤条条地跳进一旁的水塘里洗个痛快。

爬高上树是我儿时的一门绝活，有时大人便唆使我上树端掉这些鸟窝，诱惑我说是窝里有无数的鸟蛋。我像猴子一样攀上树干，抱着粗大的枝丫一步一步地向鸟窝接近，一窝毛茸茸的小鸟出现在面前，它们伸长着脖子嗷嗷待哺，却不知道已经大祸临头。就在我想着如何端掉鸟窝时，一只大鸟不知从何处飞来，在我的上方乱扑乱叫，接着又飞来几只几十只。手够不着鸟窝，我便试图用脚踹，但总是差那么一截，想再向前靠近一点，又担心树丫承受不住。一个幼禽般顽皮的孩子和一群护幼的飞鸟在空中对峙着，下面的大人怕我出事，催着我赶快下来，并说“你妈妈来了”。带着遗憾的心情又一步一步向后退下，一窝小鸟终于逃过了一劫。

大枫树下面是一片丘冲稻田，其中一块叫“大六斗”的为最上等的肥沃良田。它上临水塘，下踞一片冲田之首，无论是旱是涝都绝对保收，价格是其他田价的几倍，新中国成立前为杨姓一位大户所有。我对“大六斗”的感情不是庄稼如何长势喜人，而是这里有着我无尽的戏水的自由和捕捉泥鳅小鱼的快乐。夏天再热，水塘断然是不敢随便下去的，除了水塘里的水怪专吃小孩子的警告之外，屁股上还有母亲用锅烟画的记号。然而，“大六斗”给我提供了玩水的机会。六月份，水稻抽穗的季节，大人们从上游的水塘挖沟灌溉，清凉的塘水汩汩流进“大六斗”，几尺高的水位差，水花四溅，站在田缺下面的水沟里，简直快活极了。汛期多雨时节，塘水满溢而下，“大六斗”不知从哪里来了那么多的鱼，尤以小鲫鱼最多。泥鳅多得不计其数，无论是汛期还是旱季，只要田缺还在流水，两手随便下去，就是一大捧泥鳅。每次抓到泥鳅和小鱼回家，桌子上多了一碗荤菜，看着父亲一边美滋滋地夹着菜，一边饮着小酒，还一边不停地夸我，那种幸福感简直是无法形容的。

喊气岭，父亲时常在茶余饭后提到这个地方，那里有我的祖上做的一件积德的善事。大概是曾祖父吧，在喊气岭拾到一个钱袋，里面全是白花花的银圆。曾祖父拾到钱袋后，就一直坐在原处等候失主。从上午等到傍晚，见到一个神色慌张的行人急匆匆地迎面而来，曾祖父猜测可能是失主，就上前询问。钱数和时间核实无误后，曾祖父将钱袋交还给失主，失主忙掏出几块银圆来答谢，曾祖父没有收，失主便下跪给曾祖父磕了几个头。原来失主带着这些银圆去买牛，可能在喊气岭休息而一时大意。村里人知道这件事后，都说你儿女饥荒一大家，就这么轻易地把钱还了？几乎都骂我曾祖父是一个傻子。曾祖父解释说，这么大的一笔钱，那是要人命的事，人家也是儿女一大家。也有人说，陶木匠做了这件大好事，好人有好报，下一代可能要发了。这个故事，我曾在祖母那里听说过，父亲经常当作“传家宝”反复讲，我却一点兴趣也没有，我甚至也怀疑我的曾祖父确实很傻，又不是偷的抢的，为什么不要？有时听厌了，就顶撞父亲：“不是说下一代要发吗？为什么我们家都一直这么穷呢？”父亲没有话了，母亲在一边打圆场：“那是买牛的人几个头磕坏了事。”今天，我也做了父亲，也像当年父亲一般的年龄，每当想到当年顶撞父亲，看到父亲那哑口无言的窘态时，心头涌起无限的愧疚，而这一切都是无法弥补了。

少年时期“游击战”，最佳的地方便是喊气岭。20 世纪 60 年代初我开始上小学了，小学生之间，有极为明显的亲疏之分，一个村庄的小伙伴自然在一起玩得来些。在学校有老师看管，都还能够约束孩童的野性，然而一旦放学在途中，那种被压抑的野性便淋漓尽致地释放出来。走在路上，见到石块，上前猛踢一脚；看到水坑，甩手扔一块石头。这一踢一扔，便点燃了相互摩擦的导火索。本庄的自然帮助本庄的，别的村庄高年级的学生较多，在摩擦中经常占上风。为了挽回败局，我们就钻进喊气岭两边的树丛中打伏击。别的村庄高年级的学生经过喊气岭，两边的石块像雨点般飞下，有的被砸得头破血流。等到他们反应过来，我们早就跑得无影无踪。家长反映到学校，老师也无法找到谁是主谋，每天放学，只好把我们一路送过喊气岭。

大枫树何时从村口消失，记忆已有些模糊。隐隐约约还记得大队要盖大队部，生产队打农具，大队干部便决定要砍伐大枫树。遮天蔽日的大枫树没有了，“泥鹊”没有了，留下来的是比圆桌还要大得多的粗树桩，村里人时常用斧头在树桩上劈点柴火回家，树桩劈光了，便用锄头铁镐刨树根，一直刨了多少年。

村口的“大六斗”“喊气岭”，当年这些耳熟能详的地名，现在村里的年轻人基本上不知道是指什么地方了。一条公路从村口通过，“大六斗”消失了，上面耸立起一栋栋楼房；喊气岭上那条羊肠陡坡古道变成了一条笔直的水泥公路，两边也是一栋栋楼房，当年的村庄几乎彻底地移了位，人们都把房子搬到了公路边，村口变成了新的村庄，儿时的村庄却成了一片野草荒地。望着村口现在一栋栋耸立的楼房，村口的旧忆，已化成一片浓浓的乡愁。

第二辑 人性世态

父亲的大砍斧

我时常想起父亲的大砍斧。

我家是祖传的木匠，父亲 14 岁时便跟着我的祖父干木匠活。父亲 20 多岁时就已是当地有名的木匠了，上了岁数的人常说，我父亲最拿手的活儿是打船，这门手艺活儿在 20 世纪 40 年代达到了登峰造极的地步。一堆堆粗大的圆木，扎上马子后，父亲挥起大砍斧，三下两下，圆木就变成了船的雏形。父亲这样的功夫，在 20 世纪六七十年代我十几岁的时候也亲眼见过。那时候生产队里要打农具，一些不成形的粗木料，经父亲的大砍斧一砍一削，根根都派上了用场。那时候父亲虽然上了年纪，但那架势，那呼呼生风的砍斧功夫，我完全相信父亲当年打船时那“大匠运斤”的雄风了。听我母亲说，凡父亲所打的船，跑风既快又安全，没有一户船主出过事。父亲打船的名声在外，手艺越做越吃香，不少船主还和父亲结拜为弟兄。

父亲在世时常对我说，那时家里八九口人，生活来源全靠这把大砍斧，出门一天就能挣到几斗米。父亲还常说，他在外打船，再远的路都是早出晚归，金家银家，比不上自己的穷家，他不喜欢在外留宿。有时吃过晚饭，一二十里的夜路他还是执意要回去。幼年的我问父亲：“难道你不怕鬼吗?”父亲笑着说：“我的大砍斧是辟邪的，无论是坟地还是土地庙，鬼神都跑得远远的，我一晚走到天亮也不怕。”我相信父亲说的话完全是真的。

“文革”结束后，父亲非常想让我继承他的木匠手艺，他说：“荒年饿不死手艺人。”后来恢复高考，我上了大学，这样，我家几代传承的木匠手艺在我这辈就失传了，父亲既感到高兴，又非常惋惜。我上大学期间，父亲已是年近70岁的老人了，看到是天之骄子的大学生儿子仍穿得那样破旧，父亲又重复他的老话：“年轻时我的大砍斧一天能搞几斗米的钱，后来政策不允许搞，现在允许搞我又老了，让孩子们受苦。”说得我心里直发酸。

今天，我虽然没有接过父亲的大砍斧，没有把祖传的木匠手艺再传下去，但是，大砍斧的雄风、大砍斧的形象在我的脑海里是那样的清晰，那样的深刻。走上工作岗位后，我干事雷厉风行，敢作敢为，不耍滑头，不畏首畏尾；我处世少甜言蜜语，直来直去，不藏心计，不做“小人”；我交友爱坦诚相见，大碗酒，大块肉，情义为重；我平时好热闹，好议论，好仗义执言，但更多的时候是沉默寡语和孤独；等等。这些恐怕都与父亲的大砍斧潜移默化的作用有关。我也不知道这到底是优点还是缺点，但可以肯定地说，这些性格特点，是会处处碰壁的，是要付出代价的，正如我的父亲一辈子操持大砍斧，一辈子生活清贫、经历不顺一样。大砍斧伴随着父亲的生活而终生，大砍斧的风格也将终生伴随着我做事、做人、交友和生活。

河南大嫂

称河南大嫂，其实她当时的年龄并不算大，也仅二十几岁。她的丈夫在一家工厂当工人，她也在厂里工作，“三年困难时期”，大批城里人下放到农村，她带着孩子回原籍，来到我们生产队落户，因为她是河南人，大家就称她“河南大嫂”。或许她是外地人的缘故吧，或许见过世面吧，她的到来，给平静的、保守的甚至有些狭隘自私的村落带来一丝涟漪、一股新气与和谐之风。

到村子里落户当农民，河南大嫂仍保持着城里人的卫生习惯，每天漱口刷牙，一口雪白的牙齿，显得与众不同；齐耳的短发，梳理得没有一根乱丝。干活的时候，她穿着工作服，裤腿衣袖卷得老高，无论是挑抬的体力活还是割稻插秧等农活，她一点也不比别人逊色。泥水点点，浑身也有脏兮兮的时候，但收工回到家里，又换上一身干净的衣服，显得格外清爽。

河南大嫂非常健谈，在集体出工的时候，她介绍外面的风土人情、生活习惯，大家听得津津有味，以至于她在哪里出工，我们小孩也喜欢跟在后面凑热闹。在河南大嫂那里，我知道了轮船比操场还大，火车有几里路长；知道了某某地方，用洗过多遍的洗脸水给客人洗脸，是最尊重的表现；知道了城里的姑娘脸皮厚，胆子大，主动求爱找婆家；等等。

我对河南大嫂还有一份特别的感激之情。小时候我常在外打架斗殴，无论输赢，回家都要再次挨揍，所以闯祸之后不敢回家，在外游荡，天黑了就在家门口转圈子。久而久之，河南大嫂知道了其中的原委，一旦发现我不敢进家门，就亲自把我护送到家，临走时还特别嘱咐母亲，孩子知错了，别再打了。母亲十分给面子，只要河南大嫂一说情，就免除了我皮肉之苦。有时候，有的大人闹到我家撒野，说我把他们的儿子打了，也要打我一顿。此时，河南大嫂仗义执言，说哪有大人打小孩子的道理！你家的儿子比他还大两岁呢！撒野的大人慑于河南大嫂的正气，最终灰溜溜地离开。

1969年破圩闹水灾，绝大多数人家日子不好过，有的连盐也吃不上，身体浮肿，硬着头皮向好一点的人家借几毛钱，往往遭到婉言谢绝。借钱的人也想到河南大嫂，但都知道向她借的人多，不好意思再向她开口。而河南大嫂一旦得知这个情况，便主动相助。这一年的冬季我们家经常一天只吃两顿，河南大嫂便经常傍晚拿来家里的木器家具请父亲帮她修理。父亲三斧两锯修理完毕，她拿着修好的器具离开，一会儿盛来一大碗饭和菜答谢父亲。父母知道，她是在以这种办法帮助我家渡过难关，因为我当时正在长身体。其实她当时的家境也并不是很好，丈夫一个月也仅三十几元的工资，还有三个孩子。

70年代初，大概是落实政策吧，河南大嫂离开了村庄，又回到丈夫的身边。从此，她很少再回来，而大家在一起还经常想起她，谈到她，说到她的能干、善良和正直，记得她的慷慨大方、乐于助人的种种好处。

今天，我的父母早已去世，我也到了退休的年龄。人上了一定的年龄就容易怀旧，爱想过去的一些事情，想过去对自己有恩的一些人。河南大嫂离开我们村庄已有 40 多年了，她现在应该快 80 岁了，也不知她的状况如何，她若和丈夫都在企业退休，企业如果不景气，她恐怕过得也很艰难。前几年我回家做清明，从大姐那里得到了河南大嫂的近况，甚感欣慰。大姐说河南大嫂前几天和老头子、孩子们回来做清明，头发全白了，但身体很硬朗，还像当年那么清爽。几个儿女都有自己的工作，老头子退休后在一家医院当了多年的炊事员。她在医院旁边开了一家药店，生意出奇地好，自己忙不过来，还雇了两个人，这么大年纪了，还这么能干。好人一生平安，听完大姐的话，我完全相信，凭河南大嫂的人品和人缘，无论走到哪里，都会有一片广阔的天地。

门前那口大塘

我们村庄有一口大水塘，庄上的人都叫它“大塘”。我家住在庄前的大门楼内，大门楼正对着大塘，顶多十米远近。

之所以称为“大塘”，是因为塘的面积非常大，它的形状接近正方形，长与宽都有百米左右。北边与大塘紧邻的还有一个小塘，一条塘埂把大塘与小塘隔开，但埂的中间有一道两米的豁口使两塘之水连成一体。小塘比大塘还要长，但宽度仅是大塘的三分之一。小塘外面是一片稻田，一道涵洞通向稻田，雨水多的时候，塘水满溢，生产队便开洞放水，塘水经过稻田一路曲曲折折流进白荡湖。干旱时期，又通过涵洞在大塘车水漫田灌溉。

大塘北面南端的塘埂有一棵大枫树，树干有两人合抱之粗，树冠枝繁叶茂，遮天蔽日。夏天是满树的泥鹊，它们在上面筑巢，生蛋，孵育小泥鹊。泥鹊最喜小鱼小虾，它们从周边的稻田里用嘴衔来这些食物，在树顶盘旋，然后停在树头的鸟窝旁，并“扑楞扑楞”地扇动着翅膀，好像告诉幼鸟“我带来好吃的东西”。窝中的小鸟见到母亲，伸长着脖子，发出“叽叽”的叫声，嗷嗷待哺。

夏天的中午天气正热，有的大人吃过午饭，拿着草帽和一条大手巾到树底小憩，大手巾铺在地面，草帽遮住头部，泥鹊屎不能落到头上，因为人们认为白色的泥鹊屎落到头上会惹上“戴孝”的晦气。树上泥鹊的叫声，仿佛是一首天然的催眠曲，大人很快便进入酣睡状态。大人也有讨厌泥鹊的时候，发出臭味的小鱼小虾从鸟窝里掉下来，引来许多蚂蚁，钻进大人的裤裆，搅了大人的好梦。又痛又痒的大人急忙拿起大手巾围住下身，脱下短裤，跳进大塘洗个痛快。

与大枫树紧邻的小塘，其南端有一棵粗大的枯树倒在水中，枝丫没有了，只剩下一丈多长的树干，树干在塘中浸泡多年，也无人问津。树干中部因腐烂而空心，里面淤积了塘泥，塘水浅的时候，空心的洞口半露水面，大人便用铁丝做成的钩子挂上蚯蚓放入洞中，不一会就钓出一条大黄鳝。洞口似乎有钓不完的黄鳝，每天都有人钓，每次都有收获。我们小孩站在一边看热闹，大人走了之后，我们也想到洞口摸一摸，但谁也不敢去，那里距塘边一丈远近，又是小塘最深的地方，村里人称这里为“小宕”。

大塘是全庄人的“母亲塘”。生活中，大塘里的水除了不能用于吃喝外，其他都离不开大塘。

清早，大塘四周都是三三两两的男女，女人刷马桶，男人洗粪桶，还有老年人把牛水，接牛屎牛尿，各种声响和大家相互打招呼的声音，成了早晨大塘边的一道风景。

白天，劳动回来的社员，都要到大塘洗手洗脚，清除手脚上的泥巴，然后干干净净进家门。每家每户几乎每天都要用“提量”（一种小木桶）往家里拎几趟水，把鸡食，喂猪食，或在家里这里抹抹，那里擦擦。

傍晚的大塘也是热闹非凡。庄上大多人家都养了一两只鸭，白天鸭子都被放入大塘自觅食源，晚上又要被赶回家，但鸭子又不愿上岸回家，于是，一到傍晚，所有的养鸭户都来到大塘边，手里都拿着石头或土块投向塘中鸭群的后面，用石块撵吓鸭子上岸。这种方法有时并不见效，鸭子被撵到塘边又一窝蜂地回到塘中。夏秋季节的傍晚，大人喜欢在大塘里洗冷水澡，一到赶鸭上岸的时候，大人在鸭群后面打着鳖鼓，小孩子们也凑热闹，赤条条地跟着大人在水中赶鸭。赶鸭子回各自的家中时，孩子们还偎在水边摸鸭蛋。大人们在赶鸭子的时候，无意中在塘脚边碰到了圆滚滚的东西，伸手一捞是鸭蛋，于是一些鸭主议论开了，怪不得多日没有见到鸭子生蛋，原来全生在塘里了。这以后，白天小孩们便光着屁股在塘边摸鸭蛋，我也加入过摸蛋的队伍，我家塘前柳树成荫，鸭群常在此聚集，运气好的时候，还真的摸到一两个。

对我们小孩来说，除了在塘边摸鸭蛋的乐趣，塘里的鱼对我们也有很大的吸引力。

大塘那浑浊不清的水特别发鱼，春天放入几寸长的鱼苗，秋冬时就有几斤重。大塘所放的鱼苗多是鲢鱼、胖头和草混鱼，我们在大塘中洗冷水澡，不时地感到有鱼在两胯之间钻来钻去。大人在大塘洗澡时打鳖鼓，惊动了塘鱼，几斤重的鲢鱼跃出水面几尺高，接着此起彼伏，众多的鲢鱼仿佛在表演跳高比赛。有的鲢鱼跳到岸上，在岸上又继续翻来覆去地乱跳乱蹦，谁也不敢去捡回家，任其蹦到水中，或者帮助放到塘里，塘里的鱼是生产队的集体公产，在塘里偷鱼会遭到严厉惩处。

每年年底都要捞塘。“捞塘”就是在大塘撒网捕鱼，生产队专门从邻队请来专业捕捞人员，他们乘坐腰盆或鸭溜（一种能坐两三个人的小船），划到大塘中间，一网撒下去，然后慢慢收拢，收到最后看到白花花的一片，拽都拽不动。那个年月，大家一年到头也吃不上一顿肉，即便过年也并非家家户户都有多少钱来称肉，于是人们便把希望寄托在捞大塘上，以便分鱼回家过个肥年。

也有年底干塘的时候。“干塘”就是将大塘里的水用水车抽干，干塘抓鱼比捞塘捕鱼更为刺激。一旦生产队决定干塘，几部水车便架在塘埂上。塘水降低后，再用水车从低处接力连着车。大塘的塘底像锅底形状，大塘四周的水基本见底的时候，所有的鱼便集中到塘的中心。塘水越来越浅，许多大鱼的背脊露出水面，四处游动，这时队长使指定一些大人下塘捉鱼。大人穿着摸冷的长靴，向塘心挪步。大塘有的地方虽已见底，但坑坑洼洼的小宕中仍有不少的鱼陷在其中，里面多是鲫鱼、乌鱼、鲇胡子等野鱼，这些鱼苗从来没有放过，也不知从哪里跑到大塘中。大人越接近塘心，双腿越难迈步，因为塘中心的烂泥几乎有两尺深，烂泥已陷到大胯沟。陷入烂泥的大人抓鱼也不利索，遇到 10 多斤重的大草混鱼一摆尾，几乎把大人掀个“仰八叉”。岸上的一些小青年似乎等不及了，脱下棉裤就往塘心跑，反正年轻人身上出火，见到塘中那些露出脊背的大鱼，寒冷早抛到一边了。

干塘一般两年或三年来一次，干塘的目的是给大塘来一次彻底的清淤，开拓大塘的深度，以便来年春季更好地放鱼苗。大塘的东边是笃山头，南边是喊气岭，一下雨，笃山头和喊气岭大片雨水裹挟着大量泥沙，分别从东从南涌进大塘，导致塘内淤泥层积，一两年塘泥就有一尺多厚，加之庄上人家每天在塘里洗这洗那，还有猪屎鸭粪，沉淀的各种杂物混合在淤泥中，既是极佳的塘鱼饲料，又是极好的有机肥料。于是每次干塘，春节一过，生产队便组织男女老少往周边田地里挑塘泥，施肥料。

当年生产队集体劳动，挑塘泥时一般是年龄较大的男人上（上：指上锹往担子里装），青壮年男女和小孩挑。当年一些家庭人口多，劳力少，年终决算经常超支，为了给家庭多挣点工分，一些小孩十一二岁就参加生产队劳动，一天能挣两个分工。当年那些满脸稚气的小孩，现在已是岁月刻满脸庞的老人了。他们如果碰到一起，拉开话匣子便是回忆挑塘泥，因为那算是他们刚刚踏入社会的第一站，就像小牛“告轭”，从无拘无束到开始受集体劳动的约束了。他们没有忘记第一次参加生产队集体劳动便受到的“杀威棒”，上锹的人中总有一些“冒失鬼”，满满一大锹还再添上半锹，将小孩的担子上得很重，以至有的小姑娘挑时都直不起腰来。他们还记得当时我父亲和有的上锹的老人说了直话，说这些小伢正在长身体，这样会把他们压伤的。但父亲的话不起作用，一些“冒失鬼”仍我行我素。一些老人边回忆边抱怨，说自己后来不长个头，就是当年挑担太早，幼年伤了力。

夏天大塘四周一些空旷的地方，半下午就有小孩或老年人打扫泼水，然后将竹床从家里搬来，晚饭后，劳作一天的大人们便在塘边纳凉。大人们难得这一刻的清闲，讲着天南海北的故事，从故事中我知道了大塘的岁月沧桑。

大塘与庄子相伴而生。太平天国期间，一族杨姓人来此定居，盖了一排房子，房子坐东朝西。过去盖房讲究风水，房屋东边大约 500 米处是笃山头，“坐东”背靠笃山头寓意有靠山。房子左右两侧是冈脊，正面是一片田地和通往山里的山冈小路。这是一处典型的“太师椅”形的屋基，杨姓先人自然满意，于是在屋前开挖大塘，后有山，前有水，山水相依，阴阳和谐，家族就会兴旺。果不其然，杨氏人丁兴旺，家业昌盛，杨氏后人又在第一排房子后面盖上四进，加上第一排房子共五进连成一片，成了一个自然村庄。

家里殷实，自然要想到读书求功名。但百年以来，杨氏没有出现什么显赫的大人物，当然在外面当差的倒有不少。有的读书人虽然没有在外谋差事，但在本地也颇有影响力，在家乡过问族事，若有不合礼教之事出现，便引经据典，发出一句话来丢到水里鱼都跳。

大塘因庄子生而盛，也因庄子衰而落。三年前的秋天因大姐夫故去我回到庄子，专门到我家的老屋基走走，到大塘边转转。我家的老屋早已坍塌了，现在成了一片废墟，大塘已成了“小潭”，一条“庄庄通”公路把大塘几乎“肢解”了一半。大塘的水比过去更加浑浊，满塘的秋叶和垃圾漂浮一层，塘水望去有些令人作呕。四周塘泥淤积，荆棘丛生，我估计塘心也没有多深，因为几十年也没有清淤。大塘四周也见不到一个人影，青壮年全部到外面打工，也看不到老年人在大塘里洗这洗那。庄上许多老人的后人已远离大塘，他们把屋基选在庄外的公路两旁，庄上过去成片的老屋全部倒光了，屋基上多是杂树荆棘，也有几户人家在原基上盖了楼房，但他们家里有井有自来水，开关一按，井水就会被抽到水泥池中，再也不用去大塘洗涤了。

我望着大塘，不觉生出无限的感慨来。拥有100多年历史的大塘，你已完成了自己的使命，“沧海桑田”，本身就是自然界的规律，即便你从庄子上被彻底抹去，人们也不会把你忘记；即便后人已不知晓你的历史，起码还有我这篇琐屑的文字。

小河旧忆

家乡有一条河，我们称之为“小河”，它在我们庄子的东北边。这条河之所以带个“小”，因为它的宽度只有十几米，但很长，它东起笃山大圩大堤的排灌站，然后向北穿过我们庄前，又继续向北延伸，仿佛一条银蛇，几乎把整个笃山大圩从东到北绕成一圈。

小河是我们庄子的母亲河。小河的水非常清澈，“问渠那得清如许？为有源头活水来”，它与白荡湖仅一堤之隔，堤中一道闸门，防汛排涝的时候闸门紧闭，平时则闸门敞开，河水与湖水相通，浩瀚的白荡湖为小河提供源源不断的水源。

笃山圩有万亩良田，我们大队的千亩水稻就在小河的两侧，水稻从插秧到收割，灌溉的水源全部来自小河。我很小的时候，那时灌溉全是水车，一旦遇到干旱，沿着小河的两边架着一部部水车，小河两侧的水田，沿河由高而微低地向远处延伸，河水车到第一块田，就可以任其向第二、第三块田里漫流。当年的原始水车，劳动效率低下，在灌浆的季节，为了防止水稻干旱脱水，男女社员日日夜夜忙在小河边。车水是千年农耕社会最苦最累的农活，白天高温，晚上蚊虫多，但再苦再累也不能停下水车。为了保证水车昼夜不停地运转，一部水车由三人轮流上岗，两人车水，一人休息，休息一会儿再替换另一人。在枯燥乏味而又劳累的车水中，车水的社员便唱着山歌来提振精神。小河边的山歌悠扬嘹亮，白天穿透云层，夜间冲破夜空。据说玉皇大帝经常派天神俯瞰凡间，了解民间疾苦情况。天神看到凡间在家喝酒的人龇牙咧嘴，在外车水的人歌声悠悠，便向玉皇大帝汇报，凡间百姓，喝酒的人最痛苦，车水的人是最快乐的。

小河内沿着河水的两边，是一垄垄的菜地，它们高于水面，低于河堤。这些菜地在大集体年代属于私人的自留地。自留地的土质多是砂粒混合着圩泥，既肥沃，又有很好的透水性，特别适合种小菜。虽然每家每户菜地的面积只有二十平方米，但夏天的茄子、辣椒和瓜豆，秋冬的萝卜和白菜，有力地保证着农户人家桌上一日三餐的需求。自留地濒临河水的一边，家家还种上了高瓜，既保持了自留地的水土，又为一日三餐增添了一道美味菜肴。

清澈温顺的小河，仿佛一位清纯的少妇，庄上的人们依偎在她温柔的怀中，或在河中洗涤，或在河中挑水，或在河中洗澡。

春夏的清晨，天还没有放亮，小河边的石头铺上就响起了“嘣嘣”的捣衣声。小河水边间隔几尺摆放着十几块平整的石板，还有两块几百斤重的大石头铺立在水中间，庄上的人叫它“石头铺子”，庄上的人们洗衣服，便拎着竹篮或木桶来到这里，谁来得早，谁就占有大石头铺。庄上的男人从来不洗衣服，洗衣的是清一色的妇女，有老年的婆婆，有年轻的媳妇，还有未成年的小女孩。春夏时节，正是大忙的时候，白天男女老少都参加生产队集体劳动，晚上回家换洗的衣服堆放一处，便由家中的女人来处理。

最辛苦的是庄子上的年轻女人，她们白天和丈夫一样在田间劳动，收工回家后，丈夫便坐在椅凳上休息，或抽烟，或喝茶，女人则揭开水缸，看缸里有没有水，无水就拿起水桶去小河边挑水，挑水回来再生火起灶，饭菜做好后，喊着在闭目养神的男人来就餐。清早她们又比丈夫起得早，拎着衣篮到河边，衣服刚洗好一半，生产队就开始动工了（动工即“出工”），年轻的妇女们放下刚洗好一半的衣服，便随着动工的队伍到圩田。剩下一半没来得及洗完的衣服堆在一边，等到早上收工后，回家经过小河时再来洗。

年轻的妇女刚离开，年老的女人又过来，她们移开年轻妇女放在一旁的衣篮，然后将自己桶中的衣服一件一件地取出来堆在石铺上，桶中的衣服在家中已经抹好了肥皂，再熟练地一件一件地在石头铺上捶打清洗。随着河边老年妇女的增多，河边各种各样的话匣也就打开了，李家的媳妇贤，张家的儿媳惠，就是不说自家的媳妇好。河水中的游仓鱼（一种“翘嘴鱼”）也在一旁凑热闹，它们成群结队在石头铺前游弋聆听着流水般的话匣声，直到洗衣的女人洗好衣服站起身，它们才一哄而散地游开。

家乡的稻田几乎都在圩区，人们动工或收工，一天三趟都要路过小河。收工时，男女社员站在小河的浅水边，双手招着清澈的河水洗涤着糊满污泥的双腿，洗擦着泥迹点点的胳膊和脸颊。特别是傍晚，劳累了一天的男人们很少在家里的木盆里洗澡，他们拿着一条老布做的大手巾，来到小河边，脱掉裤衩挂到河沿的柳枝上，跳到清凉的河水中洗个痛快，“千年柳树做衣架，万里长江当澡盆”，有的边洗边吟唱，真的把小河当成万里长江了。洗完澡后，他们把裤衩在河里搓一搓，摆一摆，再把它拧干，算是为家里的老婆次日早上洗衣服减轻点负担，然后将大手巾在腰间一围，哼着小曲回家去。

清澈的小河也有浑浊干涸的时候。遇到干旱年份，几个月不下雨，最低凹的圩田里也旱出了裂缝，成片的稻禾半枯焦，各个生产队都在小河里抢水。由于久旱不雨，浩瀚的白荡湖水位急剧下降，小河通往白荡湖的闸口放不进水，小河里原有的蓄水已远远满足不了万亩旱田的需求，平时大约两米深的小河，现在已快见底了。小河很少有干涸的时候，长年满水的小河，孕育了丰富的水产，河里各种鱼类又肥又大，随着小河浅处的见底，大小鱼类便往深处聚集，河边人家便拿着渔具前去干宕（方言，指河水见底去抓鱼），鲇鱼、草鱼、肥鲫和乌鱼，有的不用渔具，仅凭双手就摸到几大挂。

小河干涸了，从来不知道缺水的河边人，这时连吃水都产生了困难，人们起着大早，挑着水桶跑到几里之外找水源。小河，这条家乡的母亲河，仿佛一位身体受伤的母亲，为儿女供不上乳汁，两边皲裂的河沿仿佛在皱眉发愁；小河，这条家乡的母亲河，又是一位慈爱坚韧的母亲，小河干涸几天后，砂粒河床的深处又渗出一湾湾清水，人们用水瓢小心翼翼地舀着清水，河边人家又从母亲干瘪的乳房吮吸着这难得的乳汁。

小河有干涸的时候，也有发大水的时候。笃山大圩东边是大堤，北、西、南为一片片村落所环绕，尤其是西北边通往山里的冈脉，绵延十多公里，一旦连日暴雨，村落和冈脉的水流便汇集到小河，由小河漫过河堤，再漫入圩田，便造成严重的内涝。

1975 年 6 月，我亲眼见证了小河发大水的威势与惨烈的景况。

这年我刚高中毕业，生产队安排我在孙家圩看稻禾。孙家圩的低凹处是一片汪洋，高的地方有人在放牛，发大水淹没了大片的田埂，牛无处放牧，就有可能吃稻禾。我漫步在孙家圩的圩埂上，只见小河的两边只露出一点堤脊，私人的自留地全部沉入水底，河面的宽度比平时要增加一倍，河中央的深度最深处可能要达到四五米。生产队大片稻田成汪洋，河边人家私人的菜地喂鱼鳖，眼看庄稼就要成熟了却被大水淹没，个个愁眉苦脸，心如刀绞。笃山大圩的排灌站尽管开足马力日夜不停地排涝，但对万亩面积的圩面，也是收效甚微。

就在我漫步孙家圩埂时，突然远处传来“救人”的哭喊声，地点就在人们经常洗衣的“石头铺子”处，距我漫步的孙家圩埂大约一华里。

显然是有人落水了，我以最快的速度跑到出事地点，这时河边已挤站了近百人，一些妇女带着哭腔说某某（一位十二三岁的男孩）掉到水里了，快把人下去救哇！但是就是没有一个人敢下水，只有笃山生产队里一个曾经的搞船人用长竹篙在水里捅。根据人们的指点和竹篙的捅捣处，我判断了落水的大致地点，便甩掉长褂和靴子跃入水中，一个猛子扎下去捞人。往日清澈温顺的小河现在却深不见底，半天也没有探到河底，我实在憋不住气了，赶忙向上浮出水面。岸上围观的人们见我半天没露面，显然也为我捏着一把汗，他们叫我快打鳖鼓（“鳖鼓”即双手合拢击水，发出很大的声响），把水鬼吓跑。我年轻时水性好，在深水中踩水行走都能露出肚脐眼，于是一边双脚踩水一边用双手连续打了几个鳖鼓，然后再深吸一口长气，又一个猛子扎入水中。这次终于探到了河底，我憋着气加快速度在水底来回摸索，突然摸到了一个软软的东西，显然是落水者的屁股。我顺势抓住落水者的双腿向上拽，落水者的头已插入河底大石头铺的缝隙中，要用一定的力量才能拽出来。我拼尽最后一把力气，终于把落水者拖出水面，岸上一片惊呼声。人们飞快地接过落水者，擦去他脸上的污泥，平放到地面。我们生产队一位大家都叫“三爷”的中年人立即对他口对口地进行人工呼吸抢救，许多人以为已经无救了，落水的少年突然大口地吐秽物，喷得“三爷”满脸脏。这时一位医生模样的过路人见状也积极帮忙，他叫大家赶快用双手按压少年的胸脯。一阵按压后，少年终于发出了“哇”的一声哭叫声，少年终于从“鬼门关”回到了人间。

原来落水者和一个比他大几岁的放牛少年同骑一条水牛过小河，他们一前一后，牛到河中央竖起了身子，只有牛鼻子露出水面。牛到了河对岸，放牛少年突然看到后面的一人不见了，于是大声哭喊救人，于是附近田地里劳动的男女社员便一齐赶来。

落水者的父母不是我们大队的，他们是山里长溪大队人。长溪大队有几百亩圩田就在小河边。据说落水者的父亲新中国成立前在部队烧大锅（炊事员），新中国成立后大队照顾他，便安排他到小河头看管这一片圩田。大队为他在小河头盖了三大间草房，他便在小河头定居下来。他有一女一儿，因为结婚迟，五六十岁了长女才十几岁。他看管的这一片圩田，仿佛是他私人的财产，他尽心尽责，容不得周边生产队任何人进入。这一片圩田几乎处于原生态中，田埂上的野草长得非常茂盛，让我们这些放牛娃垂涎三尺。我们在十几岁放牛的时候，因偷偷过河偷割牛草或偷黄瓜，没少和他发生矛盾。一旦发生矛盾，他就拄着棍子跑到我们的家里向家长告状。我们回家就要挨一顿打或一顿骂，因而我们一直对他有“敌意”，并给他取了个绰号叫“老死人”，有时还把这种“敌意”转嫁到他孩子身上，见到他的与我们同年的女儿就喊她父亲的绰号，因为这女孩也曾经得罪过我们，我们几个放牛小伙伴曾经偷偷过河到她父亲看管的领地“干坏事”。女孩发现后，将我们脱下的短裤衩偷偷全部拿走交给她父亲，让我们半大小伙子光着屁股赤条条地回家。

落水少年被救到岸上后，其父得知是自己的儿子，当时还不知道是死是活，在河对岸仿佛发了疯，但又过不了河，后来有人用“鸭溜子”（能装几百斤重的小木船）把他接过来。此时我已离开回家换衣服了，当得知是我这个昔日的“老对头”救了他的孩子后，感激之情自然无法言表。

我在小河边救人的事迹，很快在周边传开，大家都把我当作“大英雄”。一位退伍军人闻后说，若是在部队，起码要记三等功。我去笃山大圩的圩田动工（指出工参加集体劳动），路过别的生产队圩田，田里劳动的男女社员对我指指点点，大概是在议论就是这个小伙子下河救了某某某。我装着没听见，昂首挺胸往前走，当然心里也挺自豪。

生产队社员在一起参加集体劳动，话题自然也转移到我的身上，有人问我怎么就敢下那样的深水救人，十个救人的九个自己都被拽下水。一位民办教师说，善才刚刚高中毕业才出学校门，思想单纯，要是再过几年也不一定敢下水。我对大家的议论和发问未置可否，也许那位民办教师说得对，我当时思想的确很单纯，没有那么世故，我年轻时常有一种“英雄情结”，《欧阳海之歌》读过多遍，《董存瑞》《黄继光》《罗盛教》等小人书故事烂熟于心，当时下水并没有那么多考虑，就是想尽快把人救上岸。当时岸上有许多人围观，河边人家比我水性好的大有人在，至于为何不敢下水，大概还少了那么一点点英雄情结。

经过笃山大圩排灌站日夜不停地排涝，小河的水位终于下降到正常状态，小河又恢复了往日的清澈与宁静。清晨，小河的石头铺子处又响起了“嘣嘣”的捣衣声，几位年轻的妇女半蹲在石头铺子旁，在水中用力地摆动着已经搓好的衣服。生产队动工的人流经过石头铺子，前往圩田，年轻的妇女们赶紧放下还没有洗好的衣服堆在一旁，也插到动工的队伍中。

第三辑

族史寻踪

血性陶家白杨里

“白杨里”是一个古地名，大约在今天项铺镇的白石村和龙虎村一带。它背靠巍峨的柳峰山，前临浩瀚的白荡湖。这一带的居民基本都姓陶，他们的家谱中称自己为皖桐白杨陶氏。

“白杨里”溯名

“里”是中国古代农村基层的一个建制单位，周朝“五家为邻，五邻为里”，二十五家为一里。古代人烟稀少，全国的总人口仅有现在的几十分之一，按这个比例推算，古代的二十五家相当于今天的几百户甚至上千户，这在今天也算村一级的规模了。不过各个朝代的一“里”所辖的户数并不统一，《管子》曾讲“百家为里”，《论语》又讲“七十二家为里”，后来“里”演化为人们居住的地方，凡人集中聚居的场所泛称为“里”，比如现在的人把家乡便称作“故里”。

“白杨”为杨柳科的一种树木，喜水而生。今天枞阳江堤一带包括长沙、凤仪、铁铜三个江心洲，都被白杨树所环绕。白石村和龙虎村一带，从地图上看，东、北、西三面是绵延的山地丘陵，南边是碧水连天的白荡湖。山水相依的环境，自然是植被茂密，绿树成荫。在这些“绿树成荫”的生态环境中，可能又以白杨树为最多。古代地点，多以地形特征或标志性景观而命名，古代的白石和龙虎一带，茂密的白杨林成了这里的一道自然景观，久而久之，人们便把这里称作“白杨里”。

历代文人喜欢借物喻人，借景抒情，白杨树因不惧灾害和顽强的生命力，也成了众多文人笔下讴歌的对象。茅盾先生的《白杨礼赞》，便是借白杨树的特性来礼赞中国北方人民在抗日战争中那种坚忍顽强的斗争精神。白杨树环抱的土地，也是那些正直文人寻找精神寄托的“世外桃源”。白杨里，这个为碧波荡漾的湖水所环抱的美丽土地，在600多年前，有一支江南当涂的外姓人来这里定居了。这支外姓人后来成了这里人丁兴旺的一族大姓——皖桐白杨的陶姓家族。项铺镇有四大姓氏：陶、吴、丁、汪，陶姓排在第一位。

白杨陶氏一世祖

元代末年，各地发生了农民大起义，各路英雄逐鹿中原，其中就有一支以朱元璋为首的起义军队伍。朱元璋起家安徽凤阳，经过数年的攻伐征战，在长江中下游一带打出了一片天地。此时的朱元璋，还没有统一全国、登基称帝的自信，因为他还有不少强劲的对手。

今天的马鞍山市当涂县，元代时期是太平路的所在地。太平路辖区很广，大致包括今天的马鞍山市和芜湖市全境，这里是江南的鱼米之乡，粮丰草足，商贾云集，自古繁华。朱元璋在安徽立足后，对太平路这一富庶之乡垂涎三尺，便厉兵秣马，号令三军攻陷太平路。

面对“山雨欲来风满楼”的危急形势，太平路的一些头面人物如热锅上的蚂蚁，不知所措。这时有一位回籍避乱的儒林人士审时度势，约同地方上的乡绅率领父老乡亲出门迎接朱元璋，朱元璋兵不血刃进住太平路。朱元璋进太平路后，改路为府，并召见了这位儒士，儒士面对朱元璋侃侃而谈：“海内鼎沸，豪杰并争，然其意在子女玉帛，非有拨乱、救民、安天下心。明公渡江，神武不杀，人心悦服，应天顺人。以行吊伐，天下不足平也。”儒士盛赞朱元璋的雄才大略，朱元璋心情大悦，并就下一步攻取南京的计划征求他的意见，儒士回答：“金陵，古帝王都。取而有之，抚形胜以临四方，何向不克?”这正与朱元璋的想法不谋而合。朱元璋大有相见恨晚之感，便把这位儒士留在身边，并授左司员外郎，视他为文武双全的战略家，凡有大事，便向其咨询。儒士成了朱元璋打天下的左膀右臂。

不久，朱元璋打下黄州，这是一个战略要地，需要派重臣镇守。朱元璋想到了这位儒士，便委以大任。儒士镇守黄州，“宽租省徭，民以乐业”，当地老百姓有口皆碑。儒士威信高了，遭到朱元璋的猜忌，罢了他的官，后来把他贬到桐城做县令。

这位儒士，便是白杨陶氏一世祖的父亲，名字叫陶安。

陶安带着家眷，从家乡当涂乘船溯江而上，然后向北拐向黄金水道白荡湖，穿过乌金渡，又是一片茫茫湖泊（今已圈成唐山大圩)。船近白杨里，陶安看到这里三面环山，一面临湖，赞叹“此邑山水极佳”，遂“爱白杨山水清丽”，认为此地“宜居”（见《陶氏家谱》)，于是便将长子陶福五留在白杨里定居。这一定居就是600余年，经过二十几代的繁衍，人丁已有数万之众。陶福五便是皖桐白杨陶氏一世祖。

陶福五因家学渊源，亦饱读诗书，后来通过自身的努力，也端起了“吃皇粮”的金饭碗，《陶氏家谱》记载他“官内阁中书”。“内阁”是明清时期最高行政中枢；“中书”是中国古代文官官职名，负责朝廷典章法令的编写、记载、解释等工作。明清时，“中书”享受从七品的级别，别看这官级不高，但“宰相家人七品官”，因为在最高行政中枢当差，每天接触的都是朝廷中位高权重的大人物，若想做官，放到地方上去，都可以做四品知府。陶福五在朝廷当差，对陶氏家族来说自然是莫大的荣耀了，在白杨里周边乃至老桐城，也备受关注，受人尊重。

陶安是元明时期的大儒，陶福五受到父亲的影响，同样以儒学为正宗，“达则兼济天下，穷则独善其身”，做官为国尽忠，做子为亲尽孝，做人守仁守信，并力求把这种儒学精神作为一种家风传承下去。其五个儿子由长到幼，分别用儒家的“五常”伦理起名为“仁、义、礼、智、信”。他虽在京城做官，但主张耕读传家，让儒家的精神伴随儿子度平生。所谓“耕读传家”，就是通过稼穑养活自己，通过读书提升自己。“耕”，就是踏踏实实地种好自家的“一亩三分地”，通过精耕细作在土地上刨食，不能搞歪门邪道贪黑钱；“读”，就是读圣贤之书，无论为官为民，都要知道礼义廉耻。五个儿子在陶福五的熏陶下，都自觉地内外兼修，后来都成长为受人尊敬的一方乡贤。

特别是小儿子陶以信，通过自己的努力也挣到一份“吃皇粮”的差事。家谱记载他“官上苑署丞”，就是在皇家园林的官署内当差，做“丞”官。“丞”官就是辅助别人的官吏，通常都是副职，级别也不高，一般为从八品。皇家园林的官署并不是朝廷位高权重的核心部门，陶以信估计就是从事接待服务工作的官吏。但就是这个并不怎么吃香的普通职位，陶以信也像一颗螺丝钉一样恪尽职守、尽职尽责。

一次，陶以信前往南京办公差，公事完毕，渡江回程，船至江心，突遇狂风暴雨，旋即翻沉。噩耗传到白杨里，家人悲痛欲绝。船难之后，家人将其衣冠葬于祖居地的檀溪山（今龙虎村境内）。100 多年后，皖桐白杨陶氏首修家谱，谱中赞他：“仁孝恭俭，继述凛凛，聪明劳勋，终事兢兢，惜此良材，不终正寝。”陶以信因“王事而溺”，以身殉职，享年 39 岁，算是为国尽忠了。他用生命践行了儒家的人生价值观。

陶福五死于小儿子船难之前还是船难之后，因失考家谱没有记载。不管怎么说，他成功地继承了父亲儒学治家的理念，父亲陶安勤于王事，累死在江西省参知政事的任上，儿子死于王事的途中，自己在内阁衙门忠于职守，夙兴夜寐，自律廉洁。明初官吏贪腐盛行，朱元璋为巩固自己的政权以铁腕手段严厉反腐，巨贪和小贪统统“杀无赦”，许多罪不至死的官员也做了刀下之鬼。陶福五在最高行政中枢穿行于权力之中，出淤泥而不染，面对朱元璋的反腐雷霆之势而心底坦荡，最终以清白之躯告老还乡，寿终正寝。从父亲到儿子，三代效忠朝廷，呕心沥血，也算是满门忠烈了。

陶福五卒后葬于白杨祖居地的陶家东边后山的西峰岩，墓碑虽经历几百年的风雨侵蚀，但上面“皇初始祖福五陶公墓”几个大字仍清晰可见。整个墓地西、北、东三面环山，南面视野开阔，从山上俯瞰，不远处就是祖居地白杨里；再远看，就是浩瀚的白荡湖。陶福五的墓地选择在这里，或许是他的临终交代吧，父亲陶安当年过江渡湖，把他安放在白杨里，就是希望他在这里生根发芽，能长成参天大树，能撑起一片天地。他按照父亲的旨意筚路蓝缕艰辛创业，他希望自己死后安葬西峰岩，在这里可看到白杨里，看到他的儿孙们，盼他们也能继承父志，秉承儒家的价值观——做人要讲诚信，做事要有血性，要在社会上树立良好的形象，不能给宗族留下污点。

陶家的血性基因

血性精神是孔孟儒学中一个重要的组成部分。子曰：“志士仁人，无求生以害仁，有杀身以成仁。”（《论语・卫灵公》）“仁”即仁爱，是儒家道德的最高标准，后泛指正义事业与崇高理想。为了正义事业和崇高理想而敢于舍弃生命，这便是血性精神。这种血性精神在儒家经典中多有渲染与肯定，如孔子的学生子路，性格爽直，为人勇武，信守承诺，忠于职守，结局是为赴国难，“慨然而死”。死后受醢刑，剁为肉酱，消息传来，孔子哭得天昏地暗，以至以后吃饭见到肉酱都“不忍食之”。子路虽然惨死，但是子路的“君子死，冠不免”的镇定气度，受到孔子的肯定。子路在赴国难中被敌手击落帽缨，子路认为君子即使临死也要衣冠整齐，他在系好帽缨的过程中被敌手砍成肉酱，这在一般人看来有些迂腐，但孔子肯定他从容赴死，他用生命维护了形象，维护了

"礼"，死得其所。孟子把儒家的血性精神说得更为直白："富贵不能淫，贫贱不能移，威武不能屈，此之谓大丈夫。"这"三不"精神，几千年来激励着多少仁人义士困境不怨、难境不惧，为追求生命的价值敢上刀山、敢闯火海。

陶福五希望白杨的后裔子孙做人做事要有血性精神，不给宗族留下污点，他应该是很自信的，因为陶家历代先人就具有这种血性基因，这种基因代代相传，在历史上都留下浓墨重彩，为后人所称道。据家谱记载，陶家先人多是武将出身。"血性"可以说是"武将"与生俱来的天性，没有血性的人，很难担当"武将"的职业和重任。

家谱记载的陶氏鼻祖陶舍，辅助汉高祖刘邦打天下，曾冲锋陷阵为刘邦挡箭矢，才使刘邦躲过一难，刘邦得天下后封他为开封侯，官至大司马。

陶璜是陶舍的第 11 代子孙，三国时期为东吴的著名将领。西晋代魏后曾大军压境进攻东吴，侵占了交州。双方发生了激烈的争夺战，东吴皇帝孙皓委派陶璜迎敌。陶璜成功地击败了晋军，遂任交州刺史，南方的广大地区包括现在的越南北部，都为其所辖，军政大权一把抓。西晋灭魏灭蜀后不久，又准备灭吴。为避免生灵涂炭，陶璜审时度势，顺应大势而归晋。晋继续授任他为交州刺史。陶璜在交州任职 30 年，政绩出众，深得当地民众爱戴，后世越南史书甚至盛赞他"威惠素著"。

陶舍的第 14 代子孙陶侃为东晋时期的名将，如果说陶璜以前的陶家武将是靠着门阀士族制度上位而战功显赫，陶侃则是在贫困的逆境中通过自身的努力而成为一代名将。陶家从汉代起因陶舍而成为门阀大族，几百年后，门阀势力逐渐削弱，陶家的地位也在下降，到了陶侃的身上，则是母子相依为命，艰难度日。陶侃的成长，与伟大的母教分不开。

陶侃的母亲也是一位具有血性的女性，由于她教子有方，被誉为中国历史上"四大贤母"（孟母、陶母、欧母、岳母）之一。在陶侃很小的时候，陶母便教育儿子要做到“人穷志不穷”。穷不失志，穷不失礼，穷不可以自暴自弃，丢失人生努力的方向；穷不可以失去尊严，丢失做人诚信的礼节，让人看不起。《晋书·烈女传》记载了“截发留宾”的故事：在一个风雪交加的日子，陶侃的一位朋友叫范逵，来陶家寄宿。但陶家一贫如洗，实在拿不出东西招待客人。陶母便暗中剪下满头青丝，偷偷卖给乡人，然后置办菜肴，招待来客。客人知晓后深为感动，感叹“不是这样的母亲，生不出这样优秀的儿子”。

陶侃后来在浔阳做了一个主管渔业生产的小官。一次他的部下见其生活清苦，便从鱼品腌制坊拿来一坛鱼给他食用。孝顺的陶侃想到母亲平生喜好吃鱼，便托人把这坛腌鱼送给母亲，并附上告安信。母亲接到信物后，为儿子的一片孝心感到高兴，于是随口问送鱼之人这坛鱼要花多少钱，送鱼之人不解其意，便夸耀说陶侃主管的地方有的是，不花钱，伯母若爱吃，以后再带几坛来。陶母听罢心情陡变，喜去忧来，马上将腌鱼坛口封好，叫来人把鱼带回给陶侃，并附上一封信。陶侃接信后，见母亲批评自己拿官家的东西孝敬她，不但对她没有好处，反而还增加她的忧愁，并告诫他为官要清正廉洁。陶侃面对书信和腌鱼愧疚万分，深感辜负母训，发誓不再做令母亲担忧蒙羞之事。从此，陶侃在母亲的悉心教诲下，珍惜光阴，克勤克俭，严以律己，率先垂范，终成东晋一代名将。

陶侃从军 30 余年，多次平定战乱，为稳定东晋政权立下赫赫战功；他勤政廉洁，从严治吏，为百姓所称道；他治下的荆州，民风清纯，史称“路不拾遗”。

陶侃之后，陶家后人逐渐弃武从文，虽然从文，但那骨子里的血性精神并没有丢失，并把这种精神上升为一种陶家的做人气节，其中最有名的当属陶侃的曾孙陶渊明。陶渊明的“不为五斗米而折腰”，由最初的陶氏“独家专利”而影响到整个儒林，成了读书人清高、傲骨的象征。

陶家血性精神的历史传说

皖桐白杨陶氏一世祖陶福五希望自己的后裔子孙耕读传家，做人做事要诚信，要忠于职守，勇于担当，不失陶家先人的血性精神。白杨陶氏后裔没有辜负一世祖的希望，经过数代的繁衍开拓，陶氏便成了影响周边的一大望姓。

纵观陶氏家族的历史，这种“望”主要体现在三个方面，一是人丁兴旺。一世祖生下五个儿子，五个儿子又各有其子，子又有子，仿佛原子裂变，几代之后，人丁便成百上千。虽然白杨里山水宜人，宜耕宜居，但由于土地有限，无法满足膨胀的大量人口，有的陶家后裔便走出白杨里，到别地去“开疆拓土”，有的到白柳，有的到孙家畈，有的到庐江、桐城，有的到宿松、望江，遍布江南各地。他们到了一个新的地方又繁衍生息，又有各自的后裔，不管他们走得多远，他们的根都在白杨，这样就形成了以白杨里为核心的庞大的陶氏家族群。二是代有仕宦。陶家先人在汉晋几百年是门阀大族，后来中落，再也不存在门阀制度了，到了白杨陶氏，虽然没有出现高官显宦，但代代不乏有人做官，明清直至民国几百年间，有知府，有县令，更多的是邑中贤达，乡隐大宾。三是影响力大。陶家人少转弯抹角，磊落坦荡，快言快语，不屑奉承，疾恶如仇，极富个性。这种个性在社会上敢于仗义执言，自然受到广大普通百姓的欢迎，在社会上影响力也就大。白杨陶氏家谱记载，白杨后裔陶子倬在云南大理的知府任上，爱护百姓，爱惜人才，看不惯官场尔虞我诈那一套，结果“以直道去官”，因正直无邪而丢掉了官帽，但他受到了老百姓的拥戴，“滇人为立生祠于郡城”，云南老百姓在当地为他立了生祠，这也是莫大的荣耀了。细翻陶氏家谱，凡记述陶氏贤人，都有“为人忠信愿悫，不妄与俗交”“刚直自矢，傲岸不群”“直心正气”“磊磊落落”“铮铮佼佼”“乡党中无不畏而敬之”这样的词语来形容，字里行间无不折射出陶氏后裔于邑中的影响力。陶福五第六代后裔陶龙田，万历年间首次主修白杨陶氏家谱，明代抗倭将领阮鹗应请欣然为陶氏家谱作序。阮鹗当时坐镇浙江，后又坐镇福建，是权倾一方的封疆大吏，阮鹗在序中开头便称陶龙田为“余友”，足见陶氏后裔在邑中的地位和白杨陶氏在社会上的知名度。

谈到白杨陶氏的血性精神，陶家人不无自豪地要说起“柳阳镇”。距离项铺街不到一公里的柳阳镇，又叫“新街”，为区别于“项铺街”这一老街而称之。

项铺镇范围内有陶、吴、丁、汪四大姓，四大姓中因陶姓排在首位，社会影响大，不免使某些陶姓族人飘飘然。一些性格强悍的陶姓族人，有时与异姓族人因一些小事引起矛盾，而又以老大自居，态度强硬，最终引发斗殴。20 世纪 20 年代，一位陶姓人与项铺街汪姓人发生矛盾，在斗殴中陶姓人占了上风。为了报复白杨陶氏，汪姓族长宣布：从今往后不允许陶姓人上项铺街！项铺街是汪姓人的天下，开店的人几乎都姓汪。这一决定，意味着禁止陶姓人上街买卖购物。“早晨开门七件事，柴米油盐酱醋茶”，禁止陶姓人上街购物，必然影响到陶家人的生存。

陶姓人听到这一消息也不示弱，当即宣布陶姓将建一条自己的陶家街。于是陶姓族长召集八大问事商讨建街事宜。商讨的结果是，决定将街建在柳阳庄上，理由是柳阳庄与项铺街隔冲而望，在这里建街就是特意要让项铺街的汪姓人看看：你们有什么了不起，我们也有自己的街，我们将会超过你。当年白荡湖的湖水直接流到柳阳庄边，往来的商船可以将货物运到柳阳的新街，加之陶姓人口多，消费力强，说陶家新街将来会超过汪家老街，也并非完全是大话。街址选好后，便破土动工，陶姓族人出钱出力，不蒸馒头争口气，不久之后，百米新街便与老街遥相对望。

新街建成后，为了方便行人上街买卖，陶姓人又着手在街口的西边建座桥。西边有一条大干沟，柳峰山脉的洪水沿着这条大干沟涌向白荡湖，这给过往的行人带来极大的不便，而这里又是山里人外出的必经之地。桥建成后，陶姓人将其命名为“女儿桥”。“女儿”是美好与希望的象征，寓意大概是通过该桥的建立，希望能给陶家新街带来美好与繁荣。“女儿桥”历经百年沧桑，今天已成了一座人们难得一见的古桥。

陶家先人多是武将出身，凭战功授爵，名垂史册，像陶舍、陶璜、陶侃等，其地位相当于现在的“元帅”“三军总司令”，但白杨陶家后人虽不乏行伍出身，却鲜有先人的显赫与风光。虽然没有先人的显赫与风光，但血性精神却一脉相承，后人的这种血性精神不是表现在你死我活的战场上，更多地表现在平常待人接物与言行举止的“磊磊落落”上，表现在顺境不傲、逆境不沮的处世态度上。

祖居地陶家和庄的老年人常谈到本庄两位出身行伍的军人，一位是1955 年授衔为共和国大校的陶洪飞，一位是毕业于黄埔 17 期的原国军上校陶元善。

多少年后，我在浮山中学遇见了本家叔叔陶元善，此时他已是安庆地区的政协委员，同时又是地区的黄埔同学会负责人，积极投身两岸统战工作，我们见面时他正帮助县政府在编写《浮山志》。

走向新时代的陶家血性精神

20 世纪 80 年代初，我刚到浮山中学教书，因为我姓陶，又是白云人，还会点“三脚猫”的功夫，一些人就误认为我是陶家东边的人。陶家东边是白杨陶氏的祖居地，陶家东边在整个白云区乃至全县又非常出名，若谁姓陶，又是白云人，就很自然地联想到陶家东边。当时的陶家东边远近出名，有正面的名声，也有负面的名声。

陶家东边一直有着传统的尚武之风，有的是祖传几代的武术世家，远近武术爱好者络绎不绝前来拜师；也有的外出授徒，将陶家的名声和武术文化远播他乡。但尚武之风又孕育了陶家强悍的民风，陶家东边经常发生打架斗殴事件，县里相关部门长年进村蹲点都难解决问题，特别是一些与陶家人交手没有占到上风的外姓人，他们一提到白云的陶家东边，就说姓陶的人性格臭。我到浮山，没有人当着我的面说臭，但常听到说姓陶的人性子野、不好惹。陶家东边名声在外，这倒让我沾了光，说明我也是不好惹的，让我在浮山周边树起了声威。

“性格臭”“性子野”固然是贬义词，谁也不喜欢那种出口伤人、逞勇好斗之徒，但若把“臭”理解为说话光明磊落，不转弯抹角，不藏着掖着，把“野”理解为不向困难低头，敢于向命运挑战，有一种坚持到底的韧劲，那又是正话反说的褒义词了，这种褒义里面自然含着做人的血性精神。

近年白杨陶氏八修家谱，我参与编写文传，有机会接触众多陶姓族人，与他们谈到陶家人的血性精神时，他们说陶家人特别耐苦、坚韧，又率真、坦诚，流血不流泪，的确继承了陶氏先祖征伐沙场的武将基因。

比如从白杨祖居地走出，到庐江定居的陶到春，当我和他谈到陶家人耐苦、坚韧的性格时，他饱含深情讲到自己的父亲，说其父意志顽强，忍苦耐痛，一次上山砍柴草，竹根尖把脚板刺穿，他咬着牙，把脚从竹尖上拔出来，当时鲜血直流，他在衣服上撕下一块布，包好伤口，休息了一会，强忍着剧痛，翻山越岭，硬是把 100 多斤柴草从 20 多里外的山上挑回家。后来伤口发炎化脓，无钱医治，又赶上插秧季节，他又忍着疼痛每天下田插秧，脚上的伤口在烂泥里揣了一个星期，竟然奇迹般地好了，大概是感动了上帝大发慈悲吧！他的父亲用这种精神教育儿子，儿子一辈子扎根教学讲台，吃苦耐劳，兢兢业业，成为受人尊敬的一位骨干教师。陶到春又用这种精神教育自己的儿子，儿子从小读书刻苦努力，持之以恒，最终以优异成绩考上中国科学技术大学，工作后又在自己的专业领域获得多个国内和国际大奖。

20 世纪改革开放之初，广州、深圳等沿海城市的发展建设已进行得轰轰烈烈，但内地还是“春风不度玉门关”，有的地方还是坚守“大集体”，绑在一起受穷。白杨本来就是人多地少，“槽里无糠猪拱猪”，免不了为了自身的利益而争斗，哪怕极其微小的利益，比如山上的几根树枝、田里的几把稻禾，都有可能引起流血事件。当时，陶家祖居地远近闻名，其负面名声多是这些不断的斗殴纠纷，加之个别还有偷盗的行为。随着改革开放不断深入，春风终度玉门关，陶家人的血性精神终于用上了正道。他们承认自己穷，他们正视自己穷，他们不怕因“穷”而丢人，他们想方设法要改变自己的“穷”，哪里能挣钱，哪里能勤劳致富，他们就向哪里流动。特别是在 1992 年初的邓小平南方谈话之后，他们在“杀出一条血路来”的精神鼓舞下，敢试、敢闯、敢冒，“虽九死其犹未悔”，终于在各行各业取得了骄人的成就。

陶家修谱编写的文传中，载录了一些有影响的家族贤人。过去历次修谱，录贤的标准离不开“官本位”，这次八修家谱，打破了“官本位”的价值取向，文传中所录入的贤人多是与“官位”无关的普通族人，但他们都有一种血性精神，有一股“不到长城非好汉”的干事的韧劲，最终都由平凡变为不平凡，由普通变为不普通。

陶家祖居地有一个“鼓东头家庭林场”，林场主人名叫陶兆白，2016 年秋，我应邀到他的林场参观。我们几个人一道，驱车来到陶家东边的水库，前面已无车路，有一条很陡的土路通往鼓头岭。我们沿着土路徒步上山，漫山为茂密的森林所覆盖，沿途树木遮天蔽日，刚才下车时还秋燥闷热，而此刻走在两边树木参天的土路上，倍感凉爽。同行的人不时地指着我从来没有见过的树种，说这些都是名贵的稀有树木。我们边走边看，不一会抬头看到山上有一幢房子，四周的树木将它裹得严严实实，只隐隐约约看到白色的墙壁，房子上面是蓝天白云，我不禁脱口而出“白云生处有人家”，这“人家”便是林场主人陶兆白的家。

改革开放之初，他还是一个一无所有的小青年，20 世纪 80 年代他与父亲承包了近两千亩的荒山，专门经营山场。经营山场是一个短期难见成效的产业，弄得不好还会赔本。但他抱着敢“闯”敢“冒”的决心，耐着性子，长线布局，经过 30 多年的经营，硬是把一片荒山秃岭变成了一个绿树成荫的“大氧吧”，同时进行多种经营，种树、育苗、种茶、养鸡一条龙，生态良性循环，效益逐年递增，并带动了当地近百人就业。如今他的“鼓东头家庭林场”经验收，已升级为省级示范林场，他那曾是一穷二白的家庭今天也已被当地政府授予“最美家庭”称号。问到他对 30 年前后如此巨大变化的感受时，他说，能耐吃耐劳，不随波逐流，心中有个目标，坚定地走下去，总是会有收获的。

出生于陶家东边的陶永丰，20 世纪 80 年代初，年仅十几岁的他就立志要成为养鸭大户，后来他的养鸭厂达到上万只的规模，他成为远近有名的养鸭专业户。但天有不测风云，由于受到市场行情的影响，他一下亏损 40 多万元，这在当年可是个天文数字。在低谷中，有人劝他转行从事当时在项铺镇十分红火的花炮行业。他痛定思痛，认为从哪里跌倒一定要在那里再爬起来，不久又重启养鸭产业。在总结经验的基础上，他抓住国家产业政策的机遇，在唐山大圩承包了 500 亩圩田，养鸭的同时，又兼养鱼、养蟹和种植，既实现了“养鸭大户”梦，又成了周边有名的种粮大户。他挂牌成立的“枞阳县项铺镇陶永丰家庭农场”，也被评为安徽省“省级示范农场”，个人也多次荣获省、市表彰。

陶杰在白杨陶氏家族中是一位张海迪式的人物，两岁时患小儿麻痹症，同年又失去母亲，依附姐姐和两位兄长长大，12 岁时破门上学，由于行动不便，一学期后便辍学。虽双腿残疾，但身残志坚，他决心学一门手艺养活自己。刚开始学纸扎时，他感到这是一个没有前途的行业，不久便改学无线电修理技术。凭着心灵手巧，又善于钻研，很快成为项铺镇周边小有名气的修理师；凭着精湛的技术和仗义热情的人缘，生意非常红火；凭着吃苦耐劳的精神，不等不靠，以一残疾之躯不仅养活了自己，还在项铺镇置下了两栋房产和两个门面。在忙于生意的同时，他还利用业余时间自学文化知识，当年只上了一学期小学，如今通过刻苦自学，文化水平堪比优秀的高中毕业生，多首诗歌发表于《枞阳诗词》刊物上，有的还被收录于《枞阳当代诗词选》。妻子刘凤龙美丽贤惠，当年感动于他的自强精神并敬佩他的精湛手艺，冲破世俗偏见与他结合，如今相夫教子，家庭日子过得风风光光。

白杨陶家后裔为了谋生，有不少后来离开祖居地迁到外地定居，但他们不管到哪里落根，都忘不了陶家的血性精神，都对下一代津津乐道陶家先人的故事。

我的父亲年轻时就离开白杨祖居地，迁移到白荡湖东边的鳌山定居，那里只有我们一家姓陶，处在异地他乡，我不知道祖居地的情况，更不了解陶家的历史，关于陶家许多感人的历史传说，都是父亲经常向我谈论而得知的。父亲也说过“截发留宾”的故事，还常提到陶家某代老人的一句名言：“家里再难，来客都要留饭。既然有客上门，那就把你当作不外。”20 世纪 60 年代初“三年困难时期”，老家里一位熟人路过鳌山来我家落脚，母亲借来半升米，专门为他煮了饭，那个年代我们一年也很少见过白米饭。父亲的用意很清楚，就是告诫我们不要忘祖，既然是陶家子孙，就要做一个有情有义有血性的陶家男儿。

我参加修谱到各地去寻访陶氏族人，他们的先人虽然几十年前甚至几百年前就离开白杨陶家祖居地，但他们也像我家一样，迁徙时抱着祖宗的牌位，定居后向一代又一代的后人介绍陶家的历史，讲着陶家的故事，因而外地的白杨陶族人虽身处异乡，但常受到陶家血性精神的教育与鼓励，后代都坚忍不拔、奋发图强，在异乡繁衍生息，有所作为。在改革开放的新时代，外地的白杨陶家后人抓住机遇，勇于拼搏，在市场经济大潮中大显身手，涌现出许多资产千万的老板乃至资产上亿的企业老总，他们显于白杨陶家，都是凭踏实、凭诚信、凭顽强、凭韧性，从基层草根起步，最终众望所归地登上了白杨陶家“族贤榜”。

“‘富贵不能淫，贫贱不能移，威武不能屈’。富贵不忘本，不荒淫，视富如贫，视贵如贱，富贵方可长久；虽身处贫穷低贱之境，仍保持高尚的精神操守，不改初心，坚定不移；虽受到强权暴力的威胁，仍大义凛然，不惧淫威，坚贞不屈。顺境不骄，逆境不怨，险境不惧，此‘三不’乃千古做人之名言，我陶氏先祖多文臣武将出身，极具‘三不’之血性，后裔子孙对‘三不’当烂熟于心，并践行于立身处世之始终。”这是白杨陶氏八修家谱中的一条家训，血性精神不是打打杀杀，不是鲁莽冲动，而是理智，是仁义，是坦荡，是信任，是忠诚，是气节，是操守，是责任，是担当，是追求，是坚韧。

今天，白杨陶氏家谱中把“血性精神”专门列为一条家训，就是希望白杨陶氏后裔子孙把这种精神世世代代传承下去，不仅仅在祖居地，不管在什么地方，不管做什么，都要堂堂正正，做一个大写的“人”，去书写白杨陶氏大写的“人生”。

陶家东边虎形地

在我很小的时候，常听父亲说，我们家的老祖坟葬在虎形地。父亲说这话的时候，显得非常自豪。我忍不住问父亲："虎形地又有什么特别好的地方呢?"父亲说，虎形地的坟山风水好，后人专门出武将。听到陶家后人出武将，我非常兴奋，因为那是一个"不爱红装爱武装"的激情燃烧的年代，看到有人穿着军装或者哪怕是一双黄球鞋，我都会产生莫名的羡慕与敬仰，更何况是指挥千军万马的威武将军了，那多威风、多神气啊！从此，虎形地，在我的心里刻下了深深的烙印。

然而，虎形地到底在哪里呢？我并不知道。我的家并不在项铺镇的祖居地，父亲年轻时便出庄到白荡湖东边的鳌山定居，也就是今天的金社乡龙口村。当我 12 岁的时候，父亲第一次带我回到祖居地，此后几十年，很少再回去过。前几年，我从工作岗位退到二线，正逢皖桐白杨陶氏八修家谱，族人推荐我参与其事，于是我有机会常到祖居地。我问祖居地的长辈们虎形地在哪里？他们说在柳峰山的南麓，离这里还有七八里。我决心一定要抽空去看看。今年重阳节，机会来了，龙虎村的老书记陶德惠受族人之托，邀请我们去登山，地点就在虎形地旁。

驱车来到项铺镇，沿着“村村通”公路到了陶家东边的大村庄，经过龙虎村的村部，沿着山脚的水泥路一路向北，大约三公里后来到龙虎村的水库。这里已是尽头没有公路了。我们下车穿过水库大坝，翻过一道山梁，来到族人的家。来不及休息便问虎形地，德惠老书记说就在不远的前方。顺着他所指的方向，什么也看不到，因为山上的植被茂密，就像原始森林。

我们跟着德惠老书记，穿径钻林，来到一处高高的山坡，四周景致一览无余。巍峨的柳峰山，就在我们的正前方。柳峰山的山腰上，一个酷似虎形的山体匍匐在山间，活像一只将要下山的猛虎趴在深山中。虎头朝着山下，虎爪呈“八”字形，右爪伸向水库方向；虎背隆起，山体茂密的植被浓绿中透着金黄，就像老虎的毛皮斑纹；一条虎尾遒劲地向上翘起，直翘到柳峰山的山巅，那尾尖便是柳峰山的最高峰。同行的人还向我介绍，虎形地相邻的北边也是古老的风水宝地，叫龙形地。一条“龙”形的山岗蜿蜒在柳峰山的东北方向，它是柳峰山的尾梢，又叫“横头岭”，皖桐白杨陶氏第四代弟兄两个，老大葬在龙形地，老二葬在虎形地。龙虎村的人几乎全部姓陶，“龙虎村”的名字，大概就是由此而来的吧。

仔细观察这里的地形，大自然真的是鬼斧神工，给我的祖上留下了这一方风水宝地。这里的地形是一个呈“喇叭口”的形状，我脚下的东边山脉，分别由“团山”“鼓头岭”“猪山”等大小山体组成，一直向南绵延到项铺街的凤凰山；我正对面的西边的柳峰山，也连缀着大小山体一直向南绵延。向北，东、西山脉交汇于“横头岭”，“横头岭”以北是九曲口，又是另一支山脉连贯白柳和孙畈；向南，东、西山脉又像“八”字形的“撇”“捺”。这一“撇”一“捺”之间，是一道间隔几百米的山冲，以“横头岭”为起点，东、西山脉之间的水流汇集到山冲的大干沟中，一直向南流向白荡湖。“山泽通气”，这是《易经》中的一句名言。从风水角度说，山泽气息相通便是人们所称的“宝地”，水滋润着山，山蓄养着水，山脉越长，蓄养的水源就越充沛，山水相依而如此和谐，谁不神往这样的环境呢！我的父亲几十年前对我说的虎形地的风水好，过去只是耳闻，现在就在眼前，真的是眼见为实了。

父亲所说的虎形地的后人多出武将，修谱后我做了一点考证，皖桐白杨陶氏的先祖的确多是武将出身。《高帝功臣表》记载，鼻祖陶舍公便是汉代的开国元勋，与韩信齐名，刘邦时代官至大司马，相当于现在的三军总司令；陶舆公在汉武帝时代被封为武威将军；陶璜公在《晋书》中更是被浓墨重笔地渲染，称“璜有谋策”。在三国东吴末年，他率兵多次击败晋军，后审时度势，归顺西晋，继续主政南方，深得当地民众爱戴，后世连越南史书也盛赞他“威惠素著”；皖桐白杨陶氏一世祖的父亲陶安，同样是一位军事谋略家，也同样是明朝的开国元勋，朱元璋曾盛赞他“国朝谋略无双士，翰苑文章第一家”。

陶氏先祖中出了这些武将，他们名留青史，但他们与虎形地毫无关系，虎形地不过是白杨陶氏第四世发生的故事，至今也不过 500 多年的历史。

500 年间，我遍查史书，白杨陶氏“虎形地”的后人再也没有出现过战功显赫的武将了。但我的父亲在世时常说虎形地“发了大人”，出了武将，他经常津津乐道的是他的一位同宗五服内的兄弟陶洪飞，1955 年的开国大校，还有一位黄埔 17 期的同辈弟兄陶元善。

这两位后辈虽是军人，但与陶氏先祖们的军功是无法并提的，可他们在我的父亲的心目中分量极重。父亲忘不了大校 1959 年回乡，亲自点名要与出庄鳌山的兄弟见见面。父亲放下农活赶回祖居地，大校没有架子，还像当年一样率真而亲和。

20 世纪 80 年代中期，我在浮山中学教书，遇到了族叔陶元善。此时他正在帮助县政府在编修《浮山志》。

站在虎形地旁，白杨陶氏的历史像过电影一样在我脑海中闪过。父亲当年盼望着虎形地的陶家后人出武将，光宗耀祖，我也曾梦想着自己将来能成为一名威武的将军，杀敌戍边。然而现在，这一切都不重要了，重要的是在任何环境中，能有虎一样的精神、虎一样的威势，做到“富贵不能淫，威武不能屈，贫贱不能移”。

当然，虎形地的陶家后人虽然没有出什么武将，但“虎形地”的文化价值是不容否定的。你若真的认为它“发大人出武将”的话，那可能就是迷信，但你若把它看成是一个品牌，一种广告，是一种精神动力，时时警示自己，鞭策自己，提振自己，那就不一定是迷信了。在我采访的许多陶氏乡贤中，他们的“贤”不在于地位多高，而是在于一种不屈的追求精神、一种百折不挠的意志。他们当中许多人，都有坎坷的童年，因家境贫寒没有完成中学学业就外出打工，尝尽了人间的辛酸后并没有气馁，没有抱怨，而是忍辱负重，后来赶上改革开放的机遇，潜藏的“虎威”一下子爆发出来。现在，他们个个都是富甲一方的老板了。他们富了没有忘记众乡亲，对家乡的水利、交通、扶贫和教育事业，都积极捐资，慷慨解囊，自觉地承担起一个“先富起来的人”的一份责任。当问及他们创业的动力是什么时，他们几乎都异口同声地回答：“我们是虎形地的后人！”是的，虎形地的后人就应该有这种“虽千万人吾往矣”的威势，不为命运所屈服，不被困难所吓倒。父亲当年为虎形地的后人出武将而自豪，今天，我更为虎形地的后人出了许多打拼的老板而骄傲！

寨　头

白荡湖北边的一个镇叫项铺镇，镇内的柳峰山脉，有凤凰山、西峰岩、摸天登，大小峰峦绵延起伏。“摸天登”，顾名思义就是登上峰顶可以摸到天，这算是群山中最高的山体了。在摸天登的北边，有一个山岭叫“寨头”，两地直线距离大约一华里。这一华里之间，有一段地形是较为平缓的凹地，仿佛哑铃中间的手柄。这里历史上曾住过几十户人家，因为它坐落在寨头脚下，人们便把这个村庄叫“寨头”。

我刚 10 岁的时候就听过大人说到“寨头”，那时对从大人嘴里听到的寨头既感到震撼，又感到惊恐。

一天，一位在区里开会回来的贫下中农女代表神秘兮兮地说到寨头，说寨头一位百岁的老太太成了妖，每天要吃两斤生猪肉，有一天没有肉吃，把摇床里自己的重孙子当作猪肉吃了，下人（指晚辈）发现时只剩下两只手。这位女代表又进一步介绍寨头，说山顶上有一个村庄叫寨头，有两百多人，这两百多人全是老太太的下人，儿子和有的孙子都死在了她的前面，老太太还活着，而且还活得很健康，在山上每天不仅自己亲自干农活，而且还发号施令，组织下人干这干那，下人都很孝顺，都很听话，山上一切井然有序。可近些日子，老太太有些发糊了，有时熟食生食分不清，但食量还越来越大，竟然把摇床里的婴儿吃了。

这位女代表带来的传闻，在我幼小的心灵中不亚于爆炸了一颗原子弹，以后每到晚上，我不敢一人独自睡觉，一闭眼睛，仿佛就有一个披头散发的老妖，青面獠牙地站在我床前。我把头缩在被子里，似乎这样就安全了。

寨头老太太吃人的阴影，一直在我的心里萦绕了多年。长大后，我到白云中学读书。白云中学坐落在项铺街旁，离寨头近了，我有时候还很好奇地问寨头在哪里，附近的同学指着凤凰山，说就在山的那边，上去大约一小时。我曾想约几个同学星期天去上寨头，但又怕老师知道处罚我们，一直没有成行。后来我转学离开了白中，到贵池中学去上学，远离了寨头，渐渐把它淡忘了。

高中毕业回乡种田，种了几年田后上大学，大学毕业后在浮山中学教书，有时从浮山中学回家经过项铺镇，看着柳峰山绵延的山脉，又想起寨头，想起幼年听到寨头“老太太成妖吃人”的传闻，不免觉得好笑，一个谣言竟然信以为真，还把自己吓了多少年。

又是几十年后，我从工作岗位退到二线了，参与了白杨陶氏家族的修谱工作。一位年近70的寨头后人也参与修谱，这不免又勾起了我幼时寨头传闻的记忆，我便向他打听寨头曾经是不是有一位百岁老太太，是不是寨头上的几百号人都是老太太的下人。当然，我没有问“老太太成妖吃人”的旧闻，我推测他有可能是老太太的直系下人，若向他考证这样的旧闻，是对他先人的大不敬。果然，我的推测没有错，这位族人说，那位百岁老人就是他的祖母，祖母的直系下人是有好几十，但并非传说中寨头上所有的人都是她的直系下人。寨头上的人全部姓陶，唯独他的祖母年龄最长，辈分最大，若从辈分论，说都是他祖母的下人也不算错。这位族人向我介绍了寨头的自然环境，介绍了寨头的村庄历史，并说寨头上现在已基本没有人家了，唯有一户还留在那里，其余的都下山定居了，他自己也在项铺街买了房子。族人还盛情地向我发出邀请，抽空带我到寨头去游一游，看看那里的别样世界。

丁酉年的五月底，族人约我们去寨头，同行的还有白云中学的一位吴老师。吴老师喜欢考古，早就想到山上古寨去寻宝，便早早地开车过来接我们。我们驱车在柳峰山与西峰岩之间的峡谷穿行，车到龙虎村的水库，右转爬上盘山的土公路。在这段土公路的尽头我们下了车，便倾着上身，向山上攀登。半个小时后上了坡顶，向右一条平缓的小径，由径而入，右边是山体，左边是悬崖，小径两边各种树木遮天蔽日，树木下面有各种奇形怪状的石头，有的像椅子，有的像板凳。吴老师指着这些石头说，历史上这里住过人家，石头表面这样光滑，表明人们将这些石头做了一点加工，把它们当作椅凳了。

小径依山体还有一道石砌的墙基，吴老师考证这可能是一道山门，为了防止土匪和强盗，古寨上的居民便在这里垒起一座石墙。我们走得很慢，因为吴老师不时地被这被那所吸引，拿他自己的话形容，他是来寻宝的，希望在古寨上能有个意外的收获。

走完小径，便豁然开朗，是一片较为开阔的山上平地，一栋现在已很少见到的“合六间”小瓦土坯房出现在我们面前，一条大黄狗“汪汪”大叫地向我们扑过来。听到狗叫声，屋里的主人走出来，他喝住了大黄狗，见到带领我们上山的族人，热情地打招呼，原来他们是老熟人，曾经还是邻居，主人旋即从家里拎出竹壳热水瓶给我们倒水，并问族人怎么有空还跑回老地方来看看。族人指着我们一行人向主人一一做了介绍，除了吴老师，我们都姓陶，都是白杨陶氏福五公的后人，这就更拉近了我们与主人之间的距离。主人已有 70 多岁，我们向他说明了来意，主人说那你们就在周围看看吧，现在就我和老伴在山上住了，看过后再来坐坐。两位体弱的同行者不想再走路了，留下与主人聊天，我们则兴致正浓，离开主人，漫游寨头这一神秘的世外桃源。

寨头给我的第一印象，到处是深草，到处是树丛，就连光秃秃的石板上，缝隙之间也长出了绿茸茸的杂草和小树。光秃秃的石板平缓地向山谷延伸，山谷处有一个水潭，面积只有两间屋大，四周为荆棘杂树所环绕，潭水浑浊，我知道山上缺水，便问这是寨头人过去吃的水吗？族人告诉我这是牲口的饮用水，寨头人吃的是井水。果然，在水潭不远处有几口井，井的上面加了盖，看不到里面，我估计井也不深，因为在山头上打井并不好凿，但可以想象山上的井水应该是清澈的。

在水潭与村庄之间，有许多茅厕，茅厕的土坯壁子已经倒坍，露出的是厕内埋入地下的蹲缸，这些茅厕在中国广大落后的农村司空见惯，但寨头人家集中在这里垒起许多茅厕，我估计一是离山地近一点，便于施肥；二是离水潭近，便于洗便桶。想到这些，不免对寨头人家过去吃水用水之难生发一番感慨。

走近寨头村庄，呈现眼前的是一片残垣断壁，荒凉满目。土坯房的墙壁基本上已化为平地，里面荆棘丛生；砖房墙壁大多只剩下半截，屋椽屋梁错乱地搭在断壁上摇摇欲坠，游人也不敢走近。此时想到农村的一句流行语：“屋要靠人撑。”人是屋的灵魂，房屋离开了主人，无人打理修饰，自然会破败坍塌。由此又联想到人的灵肉与修行，灵肉相依，一个人如果没有精神灵魂，不经常反省思过，也仅是一具躯壳，迟早也会腐朽垮塌。

村庄的西侧有一棵两人合抱粗的大法梧树，树冠如盖，绿荫欲滴，可以想象当年寨头人家夏夜在这里消暑纳凉，谈天说地。树的一旁有一间羊圈，里面关了几十只山羊，看到生人“咪咪”直叫。羊圈外是一堆堆羊粪，“庄稼一枝花，全靠肥当家”，肥料是庄稼人的宝贝，现在寨头已无人种庄稼了，要不羊粪也不会在这里无人问津，任其臭气熏天。

离开村庄，向南前往摸天登。从寨头下坡，穿过一道平缓的山凹，山凹东西两边都是深不见底的峭壁悬崖，不过山凹的路又平又宽，两边悬崖的树木如原始森林，不必担心有滚落崖下的危险。穿过山凹又是上坡路，这里是摸天登的山体了，坡路不陡，漫山是笔直的松木，一行行，一排排，如同欢迎贵宾的仪仗队，接受我们这些客人的检阅。我们穿行在郁郁葱葱的松林中，凉风时断时续，让我们微热微疲的身体倍感舒畅。

走出林海，登上摸天登，是一片如同足球场一样的开阔平地。整个平地被一尺多高的杂草所覆盖，像一块巨大的绿地毯，在上面或坐或卧或滚爬，绝对沾不上半点尘土。摸天登有许多故事传说，最神秘的传说是九华老爷曾来过此地修行传法，上面有九华老爷曾用过的石椅石床石缸，最为神奇的是一块大石板上有一只巨大的脚印，据说是九华老爷留下的。九华老爷即地藏王菩萨，地藏王菩萨法力无边，他足踏摸天登，或许摸天登的道行不够，承受不住，地藏王菩萨便云游他方，前往九华山开辟道场。

登上摸天登最高处，环顾四周，真的是“一览众山小”。摸天登的西、北、东为群山环抱，唯有南面视野开阔。向西看，是为新中国建设初期的铜业做出贡献的拔茅山；向北看，浮山如一艘航船停泊待发，拥有“百年名校”称誉的浮山中学坐落在浮山脚下，掩映在茂密的树丛中，一幢幢楼宇隐约可见；处在浮山与摸天登之间的柳峰山，巍峨挺拔，与摸天登遥相对峙；东边群山绵延起伏，著名的“白云青鸟”景区白云岩，在起伏的群山中清晰可见；再转而向南，一望无际的白荡湖就在山下。

白荡湖直通万里长江，古代没有公路，人们出远门多是乘船走水路，特别是那些需求庞大的生活资料，都是靠水路长途运输，白荡湖就是当年的黄金水道，一船一船的各种各样的生活资料，由长江进入白荡湖，再由白荡湖到项铺、石溪、钱桥、罗河等沿途各岸，然后分散到各地，进入千户万家。正因为白荡湖“黄金水道”的地位，因而它在历史上又是个重要的战略要地，湖畔的群山为历代兵家必争之地。

摸天登在历史上便是这样的战略要地。元代末年各路英雄逐鹿中原，朱元璋便在白荡湖畔屯兵，今天的浮山会圣岩旁还留有“朱洪武炮台”。太平天国时期，英王陈玉成驻军安庆，在湘军威胁天京（今南京）兵临城下之际，专程来枞阳，在枞阳县城的望龙庵召开了高级军事将领会议，专门商讨解除“天京之围”的对策。安庆和枞阳一带是太平天国首府天京的屏障，守住了这道屏障，天京安全就自然可保。为了守住这道屏障，驻扎在白荡湖畔的太平军每天操戈练兵，随时准备迎敌。在20世纪六七十年代，寨头上一些上了年纪的老人，常谈到他们上辈人说到的一些旧事，其中就谈到一支太平军队伍在摸天登练兵备战，哨声、喊杀声，惊心动魄，寨头人都躲得远远的，谁也不敢到近前看热闹。想到上辈老人的传说，再看看摸天登的险要地势，一夫当关，万夫莫开，我感叹大自然真的是鬼斧神工，在我的家乡留下了这样的山水杰作。

离开摸天登从原路返回，又来到寨头村口那户人家，主人从屋里搬出长凳，我们一边感谢主人，一边谈到漫游寨头的感受。我们说，寨头的自然风光真好，空气新鲜，树木遮天，连风都是绿色的，这里真可以搞旅游开发，或建个疗养基地，可惜就是路不太好走，上来一趟太难。主人说：“我还真不想搞什么旅游开发，这里很自在，我就是图这里的空气好，孩子们要我搬到山下住，我不愿意，山上什么都有，养了一些鸡和羊，大黄狗是专门看野兽的，防止伤害鸡和羊。”

在与主人的交谈中，我很好奇寨头人家到底是哪一年来到这里定居的，古代人烟稀少，寨头更是荒无人烟，过去的人们迁徙他乡多是择水而居，寨头的先人为什么偏跑到缺水的山顶上来定居呢？这样一下子拉开了大家的话匣子，又联系到在修家谱过程中的一些传闻，寨头人家的历史在脑海中形成了一个大致的轮廓。

大约在200多年前，濒临白荡湖畔的龙虎村有一户陶姓人家，因为房屋少，兄弟多，住在一起，妯娌之间不免发生龉龃。妯娌矛盾，造成兄弟不和，家中的一位弟兄便带着全家老小愤然离开祖居的村庄，上山来到寨头安营扎寨。200多年前，广大农村人口尚且稀少，居住分散，更何况偏僻的山顶寨头了。就直线距离而言，寨头离山下的村庄也不过1公里左右，但若从山下的村庄绕道爬到山上，则要一个多小时。山路曲折，坡陡道窄，本来就不好走，加之荆棘丛生，野兽出没，很少有人上山，寨头几乎与世隔绝。这位兄弟就在这个几乎与世隔绝的地方，搬石垒墙，伐木为梁，盖起了几间茅屋。再然后筑潭蓄雨，凿井引水。山上的柴火不用愁，方圆几公里的茂密山林无人问津，任你随意修剪砍伐；成片的山坡被荆棘杂草所覆盖，只要不惜汗水，任你开垦耕种；鸡鸭鹅随意放养，也不必担心忘记给它们按时喂食，漫山的草籽虫蛹，是天然优质的家禽饲料。

就这样，这位寨头的第一代人在山上开辟了一块世外桃源，日出而作，日落而归，繁衍生息。或许是山上的空气新鲜，生态优良，寨头的后人生儿育女，如同春菜生长，人丁极为兴旺，到了20世纪末的第七代，寨头人口已有200多人。

据寨头上了年龄的人回忆，在这个“世外桃源”中，由于血缘纽带的关系，寨头人家关系非常和睦，晚辈之间如果发生些误会与矛盾，只要寨头辈分最长者出面一发话，一切问题都迎刃而解。嫁到寨头的女人，多是出身贫寒家庭，自幼能吃苦耐劳，知道生活的艰辛，懂得勤俭持家，懂得孝长爱幼、乐善好施，对人富有同情心。她们嫁到寨头，便和男人一道“你耕田来我织布，你挑水来我浇园”，共同经营着这个寨上家园。

经过一代又一代的经营，寨头人草屋换瓦房，鸡鸭猪满圈，粮谷堆满仓，终于过上了丰衣足食的生活。过去很少有人上寨头，现在客人长年不断。山下的亲友来寨头做客，大有《桃花源记》中“便要还家，设酒杀鸡作食”的盛情场面。开饭之前，女人下厨房施展着自己的厨艺，客人便与主人海阔天空地谈着寨头人很少听到的山下的奇闻奇事。山下发生的任何事情，对山上的人来说都是非常新鲜的。开饭时，男人们围桌而坐，桌子的中央摆上小火炉，火炉上的小锅里沸腾着豆腐、圆子等寨头的家常菜，火炉的四周摆满了女主人精心烧好的鸡鸭肉等，这时主人开壶斟酒，你举我接，你来我往，推杯换盏，相互祝福。酒喝到微醉处，再划拳助兴，把请客饮酒的气氛推向最高潮。

在项铺镇的周边，上了岁数的人都还常满怀深情地谈到寨头人家在20世纪中叶的一桩善举。

“三年困难时期”，寨头人的日子要比山下人好过些。寨头人献出了家里的余粮，照例更加勤奋地在山上开垦刨土，种芋种麦种萝卜，以期日后再有好收成，再次接济外人。

20世纪60年代末，“寨头老太太成妖”的传言不攻自破，当大家都知道这是谣言后，对寨头产生了浓厚的兴趣，宣传部门便前往一探究竟。在得知寨头人家的历史与善举之后，大家都感到震撼与敬佩。

尤其是百岁老太太汪氏，五世同堂，子孙近百，她的传奇经历及在寨头的声望，让大家由衷敬仰。县里知道寨头的情况后，专门为百岁老人祝寿送戏，同时还组织文艺工作者，每年不定期地送戏上山，送电影上山，丰富寨头人家的文化娱乐生活。这一文化上山活动，一直持续到20世纪80年代初。

后来，改革开放的春风吹到了寨头，年轻人再也不愿意一辈子待在山上了，他们或外出打工，或在外地经商，他们踩准了社会大变革的节奏点，个个都有所成就，于是在外地置房安家，再也不回寨头了，寨头留下的多是上了岁数的老人。再以后，老人也被儿女接走了，他们不在乎祖辈辛辛苦苦置下的那点房产，任其风雨飘摇，他们的一个小车轮子都要抵得上寨头上好几间房子。

现在的寨头村庄是“残垣断壁野兔走，荆棘丛生鸟旋还”，寨头上只有一位老人和他的老伴没有走。这位老人就是开头迎接我们的那位陶姓主人，他有条件走，他的几个孩子在外面都发展得不错，其中一个就在龙虎村部旁边开了一家“农家乐”，生意非常红火，但老人就是不走，他 70 多年的人生都在山上，除了这里空气清新、逍遥自在外，还有一份故土难离、无法割舍的情怀。

离开寨头下山，一路上还想着寨头的风光美景和历史传说，现在交通发达，城里人住久了高楼大厦，都想趁着双休日到周边乡村走一走，逛一逛。寨头这一集“乡村与风景名胜”于一体的处女地，如果进行开发搞旅游，人们上寨头，爬摸天登，赏山上风光，眺四周远景，是一件多么心旷神怡的美事，那肯定是一番朝阳产业。想着想着，我觉得自己想得太多了，发展旅游不是我们所想的问题了，还是吟一首小诗作个总结吧，否则辜负了寨头一游。于是，一首小诗便在心中构成：“爬坡登壁寨头来，古韵浓浓何壮哉；土宅农家尘世远，凉风伴绿足堪嗟!”

麻溪寻河

在我的熟人圈子中，有许多“吴”姓朋友，因为我的母亲也姓吴，母亲属于枞阳的“豸岭吴”，所以，见到“吴”姓朋友，我就很自然地问到他是哪里的“吴”姓，他们很多人都说是“麻溪吴”。我对“麻溪”这一地域还很陌生，他们说“麻溪”指的是麻溪河，在钱桥镇境内。麻溪河在过去还是很有名气的，麻溪河周边的人家几乎都姓吴，为了区别其他地方的“吴”姓，便带上地域名称叫作“麻溪吴”。从此，“麻溪河”便留在我的脑海里，很想有机会去一睹风采。终于，机会来了，安庆的几位老同学“五一”小长假想来枞阳，到麻溪河采风，因为他们也没有去过麻溪河，要让我引路，我欣然答应。

我在枞阳县城上了他们的私家车，来到麒麟镇，然后转向朝着北边的“村村通”公路，直达岱鳌山。在岱鳌山的三贞庵景区停留片刻，便到钱桥寻找麻溪河。来到钱桥镇上寻问麻溪河，问了几个都说不知道，还是一位开饭店的老板指了路，说麻溪河就在钱桥镇的西南边，离这里大约两公里。

离开老板的饭店，车子导航，一会儿就到了我们寻找的目的地，一条干涸的河道横在我们的面前。我们一行人中的一位说："这大概就是麻溪河了。"我将信将疑，这就是我心中久仰的麻溪河吗？这时，一位老人从一旁的屋里出来，我们主动上前打招呼。老人姓周，是在这里住了多少代的当地人，十年前老伴去世，儿子在太原打工，老人便独自一人守着一幢楼房。当他知道我们的来意之后，便十分肯定地答复我们：这就是钱桥的麻溪河！

这不免让我倒吸一口凉气。我心中的麻溪河，应该是河面宽阔，河水荡漾，河中船只往来频繁，河畔两岸杨柳依依。可是眼前的麻溪河，就像一条空旷的峡谷，谷底是一湾浑浊的浅水。从河床沿坡以上，杂草丛生。

不过，我们立足的麻溪河的北岸，是一排排茂密的大樟树，遮天蔽日。一些民居在大樟树的掩映之下，显得别有格调。大樟树下面，到处是破砖碎瓦。周姓老人说，历史上的钱桥街就在这里，后来发大水，房屋倒塌了，街就移走了，移到现在的钱桥镇。老人又说，对面的南岸，过去也是街道，南北两岸都有一个大土墩，土墩的形状像荷叶，历史上称为"荷叶墩"，相向对称。两岸往来，靠船摆渡，启、靠地点都是荷叶墩。

老人给我们讲了个故事：历史上的麻溪河，春夏多雨季节，河面很宽，河水湍急，船至河心，被湍急的河流冲得直打转，因而常发生翻船沉没的悲惨事件。大约在五百年前的明朝时期，一位桐城东乡的孕妇来到百里之外的西乡，在此乘船过渡，船至河心，突然风雨交加，船遇险情，满船乘客惊慌失措，孕妇惊慌之中双手合掌，默默向上苍祈祷，如果能躲过一劫，母子平安，将来孩子有发达之日，一定要在这里修建一座桥，以造福乡里百姓。孕妇的话或许感动了上帝，立刻雨停风止，一船人安全渡河。后来孕妇回到东乡（今枞阳县仪山乡）的家里，果然生下一个儿子，这个儿子后来果然有了出息，读书求功名，官至朝廷的尚书。这位尚书就是明朝大名鼎鼎的钱如京，他为了完成母亲的遗愿，筹资捐款在西乡的麻溪河上建起了一座桥，因尚书姓钱，后人为了纪念他，便把这座桥叫作“钱家桥”。

钱家桥两岸的居民逐渐多起来，有了店面，有了商埠，形成了街道，这就是历史上的钱桥街，为了区别今天的钱桥街（地处钱桥镇），人们便把历史上已经湮灭的钱桥街称为“钱桥老街”，把钱家桥也就称为“钱家老桥”。今天，麻溪河上的钱家桥，几经修缮，自然不是五百年前原始的“钱家老桥”，但我们从桥两岸的跨度，从桥面两边护栏那被岁月磨得光溜溜的青石板，以及桥墩的古朴苍凉中还能隐隐约约看到老桥的影子。

周姓老人向我们详细介绍了很多麻溪河的历史故事。老人的介绍，结合我眼前所见的麻溪河，再联想过去的麻溪河，我的眼前突然出现了幻觉，似乎还原了麻溪河那曾有的历史沧桑。

近看麻溪河，从河底到河岸，有十多米的高度，河面的宽度有七八十米，如果在发大水的季节，水漫两岸，河面最宽的地方要超过百米。远看麻溪河，呈“S”形由西北向东南。它发源于岱鳌山，岱鳌山处于桐城、庐江、枞阳三县（市）交界的地方，这里是典型的丘陵地貌，方圆几十公里内，山峦起伏，大小山峰相峙耸立，最高峰龙王顶海拔 270 米。干旱的季节，谷涧溪流淙淙，长年不断；若是雨季，方圆几十公里的山洪咆哮而下，汇聚到几十公里长的麻溪河，然后涌入浩瀚的白荡湖，涌进万里长江。麻溪河丰富的水源，不仅催生出河畔两岸秀丽的风光，还催生出两岸万亩良田。今天，我们站在钱家老桥上，环顾两岸，看到的仍是一览无余的畈田，畈田较高的坡岗上，点缀着的是一些绿树成荫的村庄。周姓老人说，这些村庄都是后来人口增多时移居过来的。钱家老桥的北岸还有一幢几层的粮站大楼，一道高墙将大楼和职工宿舍围成一个独立的院落，虽然现在里面已空无一人，高墙的大门由“铁将军”把门，锈迹斑斑，但仍可想象当年粮食重埠水路运粮的热闹与繁华。几百年来，麻溪河一带，的确是鱼米之乡。

在农耕社会，哪里水源丰富，哪里土地肥沃，便是吸引人们迁徙的地方，麻溪河这块丰腴的土地自然也不例外。大约 700 多年前，一位名叫吴太一的人，从婺源来到麻溪河畔，看到这里水美草肥，便在麻溪河畔定居下来。麻溪河这条母亲河，孕育着吴氏的后人。吴氏子孙经过数代繁衍，人丁兴旺，为了区别其他地区的“吴”姓，麻溪河畔的吴姓族人，便自称为“麻溪吴”。

麻溪河水美草肥，水产也就自然丰富。周姓老人说，他还记得小时候，常在河里捕鱼，那时候河里的鱼真多，又大又肥，红脊白翘鱼，每条都有一两尺长。鲤鱼、胖头、鲇胡子、草混子，以及河虾蟹鳖，不计其数。如果下雨发洪水，河里十几斤的胖头、鲢子跳到岸上是常有的事。一遇发洪水，小孩子们便出门守在岸边，等着捡鱼。

靠山吃山，靠河吃河，水产资源丰富的麻溪河，惹人眼红，自然成了周边各姓族人争夺的地盘，麻溪河畔经常发生举族斗殴事件，弄得地方官也十分头痛。麻溪吴族人为了在麻溪河争夺更多的地盘，分享更多的水产资源，便在上游的“桥头埂”处，选择一位族人去穿“红鞋”。所谓穿“红鞋”，就是将一双铁鞋烧红，谁有胆量穿上它，谁就是胜者。吴姓人花钱买了一位家奴穿了“红鞋”，一缕青烟归西，其他姓氏从此再也不敢在麻溪河畔争雄。于是，20 多公里长的麻溪河，几乎成了吴姓人的独产。今天我们来到麻溪河，听到当地人讲到这段“穿红鞋”的故事，感到无比的惊讶与震撼。

麻溪河下游的南岸，历史上有个姚王集，西距钱家老桥大约两公里，东离浮山风景区也只有数公里。今天的年轻人对“姚王集”这个名字感到陌生，但在历史上，在整个老桐城乃至邻县，它是一个如雷贯耳的地名。它曾是著名的耕牛集贸市场，周边各县乃至省外商旅，不远百里千里，纷至沓来，贩牛贩马贩驴骡，民间或买或卖，都在此处进行交易。明清直至民国年间的几百年间，姚王集曾盛极一时，拥有全国四大

“牛集”之一的称号。

小时候，一些见证过姚王集市场的老人常描绘耕牛交易的空前盛况：每逢集市，牛市上人山人海，热闹非凡，这时最吃香、最权威的要算牛市上的“经纪人”了。牛市交易市场上的“经纪人”，又叫“牛经纪”，他们凭着多年的相牛经验，为买卖双方讨回一个相对合理的价格，因此，都深得双方的信任与爱戴。在过去的农耕社会，一头耕牛几乎就是一户庄稼人的全部家当，如果买卖不慎，就会落得倾家荡产。为了在牛市交易中不吃亏上当，他们便把自己全部的信赖寄托在“牛经纪”这位中介人身上。要想成为一个远近知名的“牛经纪”，不是靠玩小聪明，更不是凭巧舌如簧的一张嘴巴，而是凭自己的道德良心与过硬的相牛技术。当买卖双方都请“牛经纪”相牛评判时，“牛经纪”如同伯乐相马，从上看到下，从头看到尾，然后再对牛的年龄齿口、外相内质做出精到的分析，说得双方均心服口服。最后再依据当时的市场行情，报出价位。双方接受后，“牛经纪”便站到牛市中央早已准备好的八仙桌上，宣布评判的结果。尽管市场上闹闹哄哄，但人们一看到站在八仙桌上的“牛经纪”时，立刻鸦雀无声。“牛经纪”大手一挥，报出价位，彼此成交。成交宣布之后，便是一阵阵持久的掌声。

姚王集旺盛的牛市，与钱家老桥两岸的商埠共交融，外地商人涌入姚王集，带动了当地的消费升级，促进了钱桥老街的发展与繁荣。麻溪河两岸，以钱家老桥为中心，客楼街道有千米之长，街面青砖石板，无论晴天下雨，街道干干净净，人流如鲫。秋冬季节，外地客商住在钱桥老街的客栈里，喝着老酒，品尝着“河水煮河鱼”的美味，或许顿有“绿蚁新醅酒，红泥小火炉。晚来天欲雪，能饮一杯无”的感受吧！

麻溪河两岸的人家，家家几乎都有通向河边的石阶。春夏月色朦胧的夜晚，年轻的妇女从家里出来，在河边上边用棒槌捣衣边哼着小曲，这对外地的客商来说无疑是一道绝美的风景；河边沿岸种着一排排柳树，柳条飘丝，轻拂着河面，仿佛要把涟漪微皱的河面抹得平平静静；

河中的大小船只停泊在婆娑的柳荫下，忙碌一天的搞船人难得这片刻的闲暇，坐在船头上对月吹箫。少妇的捣衣声，搞船人的笛箫声，还有那两岸草丛中凑热闹的虫蛙声，汇成一曲绝妙的交响音乐。绝妙的交响音乐又化成一曲异域他乡的催眠曲，把出门在外的商客带入思旅恋亲的梦乡。

周姓老人还向我们介绍了麻溪河畔的关帝庙和进士牌坊。关帝庙在钱桥老街北街的中央，庙门正对着麻溪河，庙内共有三进高大雄伟的建筑，第二进供奉着关羽大帝的神像，迎纳四方虔诚的香客进香朝拜。关羽是三国时期蜀国的大将，是蜀主刘备的义弟。《三国演义》描写他身在曹营心在汉、护嫂无邪，是一个忠贞义士的形象，后来民间视关羽为道德精神的楷模和维护正义的化身。商贾之家，必供关帝神像；商埠重镇，必建关帝神庙，都是借助关帝的神威，希望经商无欺，公平交易。钱桥老街的商会，是麻溪河一带商人的娘家。商会的大小活动，都在关帝庙进行；商会的商道条规，都在关帝庙产生。民间的“关帝”文化，熏陶着商人诚信经商的品格并约束着他们的行为，如果有谁违背了商道行规，就会被人不齿，也就无法在麻溪河立足。

在旧社会，关帝庙除了是商会经常活动的地方，还是一个公益慈善的活动场所。每遇荒年，北方难民逃荒要饭来到麻溪河，白天在外乞讨，晚上就住在关帝庙，有的还拖儿带女，全家乞讨。当看到成群的难民时，钱桥老街一些富商大户，便发动当地的商家，在关帝庙前的广场上，垒起土灶，熬粥赈灾。

离关帝庙不远的地方有七座进士牌坊，是麻溪吴族为其后裔子孙考上进士而建，以向世人彰显吴氏出人。自明清以来，麻溪吴氏的确兴旺发达，人才辈出。麻溪河养育了麻溪吴氏，使“麻溪吴”繁衍成当地的望族。麻溪吴氏族人亲眼见到了当年钱尚书筹款建造“钱家老桥”的善举，他们视钱尚书为偶像，鼓励族人读书上进，将来为朝廷做事，为百姓造福。吴一介、吴用先、吴应琦、吴叔度、吴世荣，麻溪吴氏族谱上记载的这些族人，都是明清时期治国安邦的优秀人才。麻溪吴氏族谱中记载的从七品县官到一品大员，明清两代就有上百人之多。

太阳已近西天，该离开麻溪河了。我们向周姓老人告别，最后再环顾眼前的麻溪河，若不是亲耳听到周姓老人的叙说，又有谁相信它昔日的风采呢？

湖畔人家

家乡的东、南、西三面都为白荡湖所环绕。白荡湖以南边的湖面最为开阔。夏季，站在家乡的山岗上向南而望，烟波浩渺，一望无际，此刻，便会情不自禁地吟起范仲淹的《岳阳楼记》:“予观夫巴陵胜状，在洞庭一湖。衔远山，吞长江，浩浩汤汤，横无际涯；朝晖夕阴，气象万千。此则岳阳楼之大观也。”范仲淹想象中的岳阳楼，同样可以移植到我家乡的白荡湖。在没有圈圩的年代，南边的白荡湖，濒临长江，湖面有数十公里之宽。白荡湖的西北边，是起伏的群山，绵延数百里。数百里的山脉中，涓涓细流，经过万千沟壑，汇集成奔腾的洪流，流入各地的河道，最后涌进白荡湖，再由白荡湖流向长江。

白荡湖，是我家乡的母亲湖。早在5000年前，我们的祖先就来到白荡湖，在湖畔定居，建立了村落。他们在湖中捕鱼，在湖滩耕作，靠半农半渔的劳动方式繁衍生息。白荡湖宜人的生存环境，吸引了外地一些长年漂泊、居无定所的人们，特别是宋、元期间，外地人为逃避战乱，沿着长江，寻找栖身之地，看到江北一片烟波浩渺的湖泊，便沿着湖畔安营扎寨。今天，有的村庄虽已远离白荡湖，但从村庄的名字“某某咀”“某某岗”“某某湾”“某某溪”来看，这些庄子当年就在白荡湖畔的岗头湾尾，只不过后来围湖造田，当年大片的湖泊沙滩变成了今天的万亩良田，村庄离湖水也就远了。

在这些“咀”“岗”“湾”“溪”的湖畔村庄中，有一个叫“豸岭”的村庄，全庄几百户人家几乎都姓吴，人们称之为“豸岭吴”。我的母亲是豸岭吴姓的后人，根据豸岭吴姓家谱记载，在宋末元初的兵荒马乱年代，为了躲避战乱，一个叫吴太二的男人率领全家老幼乘小船由江南来到江北，小船进入白荡湖，他们前往的目的地是老桐城西乡的钱桥麻溪河。吴太二的哥哥吴太一，早些年就已经从江南迁徙到麻溪河旁定居，吴太二这次率全家来投奔兄长，以求得一席安身之地。

小船穿过一望无际的白荡湖，来到一处叫“豸岭”的地方，众人上岸作短暂的休息。他们挖地垒灶，生火做饭，填饱肚子后，又上船朝着既定的目的地进发。来到了麻溪河，吴太二一家受到兄长吴太一家人的热情接待，并安置住所，打算定居。几日后，吴太二感觉麻溪河虽然环境不错，但人多地少，不是全家长久居住的地方，还不如几天前在“豸岭”上岸垒灶做饭的那个地方好，于是他决定告别兄长，返回“豸岭”。

到“豸岭”后，女人们准备全家人的午饭，饭锅就安放在前几日挖的老灶膛之上，不巧身上所带的火石已经用完。在大家孤独无助时，一个顽童无意中的一句话演绎了“豸岭吴”的神奇传说，他说：“妈妈，那天你不是在这里烧火了吗，看看里面有没有火呀。”说着用木棒一拨，眼前的景象使在场的人都惊呆了，火正在灶膛内的灰尘里燃着。

吴太二就地卜了一卦，从卦象上看，“豸岭”这个地方是人杰地灵的“雁形地”。“豸岭吴”从此扎根于白荡湖的东北畔，与白荡湖西北方向的麻溪河隔湖相望，至今已有 700 年左右的历史了。吴太二公便成了“豸岭吴”的一世祖。

“豸岭吴”人丁兴旺，“豸岭”这个地方后来容纳不了众多的吴氏后人，有的便离开豸岭迁到别处，但基本上都围绕着豸岭，沿湖而居。今天白荡湖北边的“罗家咀”“八家咀”“吴家楼”“吴家齐”等村庄的吴姓，都是“豸岭吴”的后人。

我的祖母和母亲都是“豸岭吴”的后裔，她们都出生于吴家楼，我从小就从她们和吴姓族人那里听到关于白荡湖、关于“豸岭吴”的许多传说。从他们那里，我知道白荡湖过去是一条重要的水上运输通道，特别是明清时期，大小船只由江入湖，上抵浮山、钱桥、罗河等地，日夜穿梭，千帆竞发，一派繁忙景象。这一点，我后来在浮山中学教书时得到了体验，1983 年夏季发大水，白荡湖水直接淹到浮山脚下，没有了旱路，我回家便乘坐机帆船。船穿过夏咀大桥，进入浩瀚的白荡湖，然后拐向豸岭大圩，直达家门口。

20 世纪的二三十年代，中国广袤的农村很少有车路，因此水路是人们长途旅行的最佳选择，长江水道便成为当时的交通大动脉。浮山东南前临万里长江和湖泊，西北后靠绵延千里的大别山余脉，共产党人从事革命活动，进退自如，白荡湖也成为他们必经的航运要道。

白荡湖的水上运输要道，给农耕社会湖畔人们的生活带来了很大的便利，但随之而来的是湖匪水盗，白荡湖周边一些不安分的庄稼人动起了邪念，伙同一些人当起了“水大王”，打劫过往的商船和旅客。

老年人回忆说，土匪劫船的地点常在乌金渡一带。乌金渡是白荡湖的一个喇叭口。各种船只由江入湖，穿行在浩瀚的白荡湖中，如果上抵项铺、浮山、钱桥乃至庐江的罗河，必须经过乌金渡的喇叭口。土匪们埋伏在周围，一旦看准时机，便一哄而上，船主为了保命，便弃船而逃，自认倒霉。

除了在水上抢劫，土匪们同时还在白荡湖四周游荡踩点，谁家是殷实大户，晚上便戴上面罩去动手。土匪到谁家去抢劫去绑票，他们一般只劫财不劫命，只要你老老实实交出钱和物，他们便立马走人或放人，但是你不能认出他们来，即便是熟人也装着不认识，否则他们便将你灭口。

八家咀村庄的一户人家被抢劫，土匪拿到财物后准备离开庄子。户主听到队伍中一个熟悉的声音，他喊了那人的名字，本以为熟人好讲话，能手下留情，会丢下财物，结果土匪们又返回，一枪将户主打死。

当然，你如果认出了土匪，土匪一时无力不能把你怎么样，他也挺“含糊”（指“怕”）你的，下次也就不敢来抢了，因为他们也怕你“以其人之道，还治其人之身”。

我的父亲在乌金渡打船，结了一门干亲，父亲称女主人为“干娘”。干娘家有几条大船，专门做水上运输生意，家中很殷实，后来被土匪盯上了，家里遭抢多次，但家道败了不久又兴旺起来。这缘于干娘家人缘好，为人诚信，信誉度高，加上干娘精明强干，周边男人都很佩服，因而生意非常好。

我出世后，父亲便让我称她为“干奶奶”。母亲常向我们描述，说干奶奶年轻时人高马大，能撂倒两个壮“劳力”（指“男人”）。一次土匪夜里又到她家去抢劫，大门紧闭，土匪撞不开门，干奶奶在屋里操起家伙，说“进来一个我就干掉一个”，并高声喊叫带队土匪的名字，说“你这个小子是某某地方的，我认得你，你等着，我会“好有”（指“报复”）你的”。干奶奶突然叫出了土匪的名字，外面立即停下了撞门，土匪也知道一时难以撞开大门，相持一阵子后，便只好离开，以后再也没有来骚扰了。

对于干奶奶这一豪侠壮举，父亲和母亲都分别给我们讲过多次。干奶奶我见过两次，一次是我 10 岁的时候，正月里父亲带我去看节；第二次是我高中毕业后，父母把干奶奶接到我家住了一段时间。母亲说，干奶奶年轻时对父亲非常好，常照顾我们家，人不能忘恩。干奶奶来到我们家时，已是近 90 岁的高龄，但仍身板笔直、个头魁梧，在我们家住的一段日子还帮着干家务活，可见母亲曾说她年轻时能撂倒两个壮劳力并非虚话。

“靠山吃山，靠河吃河”，这些土匪们劫过往船只，抢湖畔人家，也算是“靠湖吃湖”了，但这只是白荡湖畔的极少数玩命之徒，白荡湖畔绝大多数居民勤劳善良，他们耐苦坚韧，他们凭着勤劳与智慧，在湖中捕鱼，在湖汊种粮，在湖滩种菜，一代又一代地辛勤劳作，哺育后代。

白荡湖湖水与长江相连，实际上就是万里长江的一段支江，也可以说是长江之“肾”，那宽广的湖面，春夏汛期为长江蓄水泄洪，在秋冬枯期为长江提供水源。源源不断的湖水，孕育了白荡湖内丰富的水产资源。湖畔及沿湖的沟沟汊汊中，夏天是绿茵茵的一片，水面布满了各种水生植物。

我家乡有个“大白”和“小白”，“大白”坐落于吴家楼，“小白”坐落于八家咀，面积都有百亩上下。大小“白”里布满了菱角菜、鸡头菜与藕荷，水面上只见绿叶不见水，有时鱼从叶缝中跳起，落到厚厚一层的叶面上，半天都滚不到水里。家乡的居民，经常以菱角米、莲藕煮粥或煮饭，菱角菜也是日常主菜，全年几乎每顿都有它；家家都藏有鸡头米，身体不适就以它为补品；鸡头菜叶子和茎秆，家家几乎都要腌制几大缸，是极佳的养猪饲料。

大小“白”与浩瀚的白荡湖隔着一道土岗，夏季湖水上涨，土岗沉没湖底，白荡湖里的各种鱼类随着湖水漫进大小“白”；秋冬时节湖水退却，土岗又露出水面，拦住了涌进“白”里的各色各样的鱼。大小“白”里的鱼成了两个庄子的囊中之物，庄子里的人从初冬开始慢慢捕捞，一直捕到腊月底。

浩瀚的白荡湖，秋冬退水的时候也正是湖畔人们开始大规模地捕鱼的时节。由于湖水面积大，用传统的简陋渔具捕鱼收效甚微，人们发明了“拉大网”。所谓“拉大网”，就是用船只把几里长的大网撒到湖心，两头系上绳索，两边的众人各自拽上绳索，如同纤夫拉纤，慢慢地向岸边收拢。快到岸边，被裹在网中的鱼，活蹦乱跳，白花花的一片，被拽到岸上后如同堆起一座银山。大网的网眼很大，拉上来的鱼，每条都有十几斤。

白荡湖畔人家以捕鱼为生，鱼是他们的主食。当从祖母那里听到几乎每天都吃鱼时，我们好生羡慕，因为在我们的童年时代，围湖造田，填河改地，湖泊面积锐减，鱼已成了稀罕之物。祖母说，顿顿都吃就腻人了，那个年代盐贵于金，煮熟的鱼精淡寡味，一点都不好吃。

湖畔人家缺田少地，浩瀚的白荡湖就是他们生存的空间。农耕社会"各家门口一块天"，白荡湖虽然广阔无际，但每一个村庄、每一个姓氏，都有自己不成文的捕捞范围，当遇到有争议的水域时，便会发生冲突，举族斗殴事件长年不断。

鲢鱼地，白荡湖中央偏西北的一个小岛，处在豸岭与吴家楼连线的中间，离湖岸大约两三里。以这一小岛为中心，这一水域盛产鲢鱼，肥鲢、胖头不计其数，故称小岛"鲢鱼地"。这一水域的湖畔，除了有"豸岭吴"姓，还有"王"姓、"张"姓、"杨"姓等其他姓氏，都称"鲢鱼地"他们也有份。

为了独霸"鲢鱼地"这一区域的水产，"豸岭吴"的一位族人自告奋勇去"戴红帽"。所谓"戴红帽"，就是将一顶铁制的帽子用火烧红，看谁有胆量去戴到头上，谁敢戴，"鲢鱼地"便属于谁！几百年前的白荡湖，各姓氏为了争夺水上生存的空间，举族持械斗殴，争得你死我活，官府裁决也算不了数，最后便用惨烈的自残办法来了断，历史上的"戴红帽""穿红鞋"等惨烈规则，便是彻底解决族姓之间利益纠纷最有效的办法之一。"豸岭吴"那位"戴红帽"的勇士一缕青烟归西后，"豸岭吴"举族隆重地将他葬在"鲢鱼地"，从此，"鲢鱼地"这一片水域便为"豸岭吴"所独有。

或许是与应对匪患、维护本族湖域利益相关吧，历史上"豸岭吴"族人从小就有习武之风。作为白荡湖畔众多姓氏中的一族大姓，为了树立本族的声威，"豸岭吴"的族长要求每家男孩从小都要拜师练武，以培养孩子勇敢无畏的血性精神。

我在青少年时代，也喜欢舞枪弄棒，曾拜过两位吴姓后人为师父，练过单刀、铁尺和短棍等器械，学过“武松夺岭”“地八仙”等拳术。纵观“豸岭吴”的拳术，以近身短打为长，比较强调实战性。为了突出实战性，训练时要求下盘（双腿）立地要稳，上盘（双手）出击要狠。

据老年人回忆，为了练“稳”，师父要求徒弟蹲马步。徒弟清早天不亮就起床，不许上厕所，扎上腰带在院子中双手挟腰，然后蹲成马步桩，没有师父的允许，双腿再难受都不敢站立。一场马步桩蹲下来，大汗淋漓，起床时想上厕所的大、小便也全部跑光了，这样的马步桩每天早上反复练，直到蹲桩时头上顶住一只碗，师父再用脚猛踢你的腿，你双腿纹丝不动，头顶上的碗也掉不下来，马步桩才算过关。

“上盘出击要狠”是指搏击时出肘、插掌、冲炮要勇猛有力。“炮”就是拳头。为了勇猛有力，练“炮”打沙袋，练“肘”捣木桩，练“掌”插稻谷。练“掌”插稻谷，目的是要练出铁钳一般的手指头，将一定数量的稻谷盛入木桶中，双手手指并拢，反复在稻谷中捅插，最后把稻谷插成米和糠，然后再换上新的稻谷，再如是反复捅插。经过多年不间断的捅插苦练，最后将四根指头插成一样的长短，每根指头又粗又硬。如果四指并拢发力对墙壁插去，能把坚硬的墙壁插个洞，能练成这样的功夫，便称为“教士”了。

老桐城县的东乡历史上有 36 位著名的武林高手，统称“三十六名教”。他们个个身怀绝技，武艺高强，在民间扶弱惩恶，伸张正义，深受大家的爱戴与尊重。

小时候常听大人讲“三十六名教”大闹九华山的故事。在清朝道光年间，九华山的二当家是一名恶僧，出家前是京城的大内高手。他凭着一身武功，在九华山霸占民女，无恶不作。当地人对他恨之入骨，却又奈何不得，便来到江北的东乡求助于“三十六名教”。“三十六名教”义不容辞，扮成香客，来到九华山。为防止恶僧闭门躲避，他们卸掉每扇几百斤重的山庙大铁门，顶住二道门的千斤闸，直奔恶僧的住所。恶僧闻讯手持禅杖带着和尚来迎敌，两位名教迎战恶僧，恶僧愈战愈勇，名教边战边退，退到庙宇的一侧。其中一位“名教”来个“贴壁挂画”，窜上屋顶，随手抠碎墙砖与石灰，一把捏成粉末向恶僧的眼睛砸去，趁恶僧睁不开眼的工夫，另一位“名教”一脚踢掉恶僧的禅杖，又恰巧赶来一位“名教”，双手抓住恶僧的两脚，将恶僧制服。

那位窜上屋顶将砖块捏成粉末的“名教”，就是“豸岭吴”的一位武术师父，讲故事的人当然有夸张的成分，但我从心底愿意相信那手指的功夫，这功夫当然是数十年如一日捅插苦练出来的。

每年正月舞狮子灯，是白荡湖畔各村庄的传统习俗。狮子是百兽之王，湖畔人家喜欢年初舞狮子灯，是借威武的雄狮来降妖伏魔，驱逐邪气，以图全年平安无灾，并收获满满。

湖畔人家的生活长年与“湖”相伴，若遇灾害自然是与“湖”相关的天灾人祸，无论是在湖心捕鱼还是在湖中航运，最担心的是突然掀起风浪或遭遇湖匪水盗。

在过去，男人是家庭中的顶梁柱，农村妇女之间若相互吵嘴对骂，最恶毒的一句话便是骂对方“死男人”，男人若在湖中遭遇不测，整个家庭也就坍塌了。为了驱邪消灾，企求通泰平安，湖畔人家不知从何时起兴起了舞狮子灯。

“豸岭吴”的习武功夫，在舞狮子灯上又大派用场。舞狮子灯时，转摆腾跃，都需要舞灯人的身体有一定的柔韧性与爆发力，特别是舞头与舞尾的两个人，不仅个人自身功夫要过硬，同时两个人还要配合默契，心心相印，动作协调，一旦披上狮子的外套，卧、行、腾、扑，就是一头活脱脱的雄狮。

一开始，舞灯的范围在本庄本族，谁家盖新房、办喜事，引灯人都要带上舞狮队伍前往添喜助兴，一路敲锣打鼓来到目的地，主人站在门口放一挂几十响的小爆竹，以示接灯感谢。伴随着或急或缓的锣鼓声，狮子在主人家里漫步一圈，喻示着一切不吉利的阴气被驱跑了，家里从此瑞气环绕、能逢凶化吉了。

狮子灯得到大家的认可与喜爱，舞狮队伍又从本庄走出庄外，从本姓走进异姓。即便与外庄外姓有矛盾，但只要送上帖子，对方都表示欢迎，乐意接灯，通过舞灯，化干戈为玉帛。当然，送帖子的人在当地要有一定的声望，在周围有一定的影响力。“不看舞灯的，只看送帖的”，你的灯舞得再好，如果送帖子的人名声不好，令人反感，对方会拒绝接灯，不给情面。

湖畔人家大多数村庄都兴起了舞灯，在本庄舞，在本族舞，到外庄舞，到外姓舞，你来我往相互交叉舞。每天晚上听到锣鼓“咚咚锵”，就知道舞灯队伍出庄了。在庄外的田埂路上，灯笼火把像一条火龙，看热闹的大人和小孩也紧随其后，舞灯队伍到哪里他们就跟到哪里，如同今天的球迷。有时，一个村庄连续要接几场灯，你刚舞罢他又来。从正月初一直到出元宵，天天都是夜半锣鼓喧天，鞭炮声此起彼伏，什么水鬼湖怪，什么厄运妖气，在锣鼓喧天中，在鞭炮震地中，在雄狮劲舞中，都被逼到天涯海角，驱得烟消云散。

湖畔人家舞灯，高潮是狮子灯大会演。狮子灯大会演，东道主自然是“豸岭吴”姓，因为他们的武术功底提升了舞灯的技艺水平，得到了社会的广泛好评，被认为是当之无愧的“带头大哥”。每年正月，各庄各姓相互送灯迎灯活动结束后，作为“带头大哥”的“豸岭吴”，便向周边各庄各姓发出会演邀请，地点在豸岭。说是会演，其实有类似打擂台的味道，通过这种形式来个大比赛，看谁是真正的狮子灯霸主。

在狮子灯大会演那天，方圆几十里的人们都前往观看，人山人海，其人气不亚于今天观看四年一度的世界杯足球赛。会演开始，先是单独表演，各庄各姓都拿出自家的看家本领，向观众展示自家的舞狮套数；然后再出场对舞，对舞一方面比试舞技的高下，另一方面在比试中捕捉对方的破绽进行攻击，如同雄狮对决，看谁占上风，实行淘汰制；最后争夺冠军。

争夺冠军环节把狮子灯大会演推向了热闹的顶峰，先在广场的中央摆上八仙桌，经过“过五关斩六将”后的一、二名选手，各自跳到八仙桌上表演舞技，然后再将八仙桌不断地加高，每加高一层，对舞灯者的功夫与心理素质都提出了更高的要求。

当六张八仙桌叠加升高到第六层时，唯有“豸岭吴”的狮子能窜到顶层的八仙桌上，在上面腾挪自如。里三层外三层的观众，踮脚仰首，屏息凝神，为在近两丈高的方尺桌面上的舞灯人捏着一把汗。就在万众注目中，雄狮突然后腿直立，竖起前身，来了一个“狮子望长江”的高难度动作，引起台下一片尖叫声。就在观众还没有回神之际，雄狮从高空中一跃而下，稳稳地落在地面，四周的喝彩声伴随着雷鸣般的掌声，经久不息。

狮子灯大会演，“豸岭吴”的名声远播整个老桐城东乡。改革开放初期，各地又兴起了舞灯之风，上了年纪的人看了灯舞之后，情不自禁地联想到“豸岭吴”昔日的狮子灯风采，并感叹再难看到那样的真功夫了。

1949 年初春，中国人民解放军百万大军汇集江北，准备渡江南下，攻占国民党首府南京，渡江战役的总指挥部就设在枞阳镇的陈家祠堂，刘伯承、陈锡联等首长未雨绸缪，每天在江畔视察，如何突破长江天险，以彻底捣毁蒋家王朝的老巢。

为了突破国民党的长江防线，不习惯南方江河环境的北方战士，每天进行水上实战训练，广袤的白荡湖便成为南下渡江大军的水上练兵场，湖畔人家积极支军支前，有钱出钱，有物出物，有船出船，有房腾房。听我大姐夫说过，他家就住过一个营的军队，团部也安在他家。

大姐夫的父亲是地方上的开明绅士，家里拥有瓦房几十间，解放军屯住他家时，其父已经病逝，他的几位兄长和后母每天和解放军官兵接触，亲眼看到了解放军官兵之间很平等，对他们也很和蔼。大姐夫有一位有文化的三哥，当时不到 20 岁，团首长看中了他，想带上他的三哥到部队，三哥也非常愿意，后因其他原因而耽搁。

三哥没有去成部队，但湖畔人家不少青年去了部队，他们在新中国成立后都有了一片光明的前途。还有众多的船老大，在帮助解放军水上练兵时彼此结下了深厚的友谊。渡江战役打响后，他们又冒着枪林弹雨冲破天险，护送解放军横渡长江，湖畔人家在解放战争史上留下了光辉的一页。

“天翻地覆慨而慷”，新中国成立后，社会以一日千里的速度在变革，湖畔人家也随着时代变革的大潮共进退。随着公有制经济的加强，白荡湖的产权收归国有了，湖畔人家再也不能随意下河捕鱼了，千百年来他们祖祖辈辈都在湖里讨生活，现在却要转型到陆地上刨食了。

湖畔人家本来田地就少，过去以水上劳作为主业，一切生活来源都依赖于湖，极少的田地仅是家庭中的副业，现在则彻底地倒了个个儿。这一彻底的颠倒，一开始他们还有些不适应，很彷徨。

穷则思变，为了拓宽陆地上的生存空间，他们在村庄的门口因地制宜圈起了小圩。乌金圩、长溪圩、锁圩，每一口小圩，都有数百亩不等的面积。在风调雨顺的年份，每一口小圩都能给湖畔人家带来可喜的收成，但并非年年都是风调雨顺，湖畔人家最怕的就是水灾。

后来，上级决定兴建豸岭大圩，湖畔人家闻讯奔走相告。他们积极响应上级的号召，在冰天雪地的冬季，扛着木料、门板和柴草，在湖心铺出一道埂基，然后成千上万的民工靠肩挑背驮，在埂基上垒起一道大堤。它北起豸岭，南到高庙山，全长十几里，几乎把白荡湖南边宽广的湖面切去一半。

豸岭大圩的兴建，湖畔人家的田地多了，但湖畔人家从此也远离湖畔，不是真正意义上的“湖畔人家”了。豸岭大圩的兴建给湖畔人家带来的是利还是弊？绝大多数湖畔居民都会异口同声地说是利，但也有少数人持相反的意见，认为大圩兴建后，虽然田地多了，但在那些年，他们一年四季累死累活忙到头，却并没有吃饱肚子，一到春荒便四处借粮。1977年我在大队当会计，大队每到春荒还得到国家下拨的一些救济粮。一位“豸岭吴”姓的后人因缺粮来到大队部，但僧多粥少，无法满足众多缺粮户的要求，我只好从自己的家里匀出一稻箩稻谷米相济。他千恩万谢，多年后，见到我还提起这件旧事。不管怎么说，豸岭大圩的兴建，对国家的贡献还是很大的。当年交公粮，都是按田亩摊派，万亩的豸岭大圩，对国家的贡献自然是不言而喻的，这还不包括公粮之外的那些“爱国粮”“忠字粮”。

多少年后，有了QQ和微信，有了老乡群和同学群，在群里有时和一些湖畔人家的后人不期而遇，聊到了白荡湖，聊到了“豸岭吴”，聊到了豸岭大圩。从他们那里，我了解到今天也没有多少人在家里种田了，青壮年基本都天南海北进城打工，许多人在城里置了房产，基本也不再回湖畔了。豸岭大圩的万亩良田，已集中到几个种田大户手中耕种，同时鱼稻相间，养殖的草鲲、鳊鱼和螃蟹又大又肥，都打着“白荡湖”的牌子，在市场上可以卖出不菲的价格。至于聊到昔日“黄金水道”、聊到“湖匪水盗”、聊到“拉大网”、聊到“鲢鱼地的水域纠纷”、聊到“豸岭吴的东乡名教”、聊到“狮子灯大会演”，上了年龄的湖畔后人还依稀记得听上辈人说过，而年轻的一代对此则一片茫然。家乡的白荡湖畔曾发生的一系列故事，已成了一串遥远的传说与记忆。

第四辑 湖畔沧桑

喊 气 岭

我们家乡村庄南边的“喊气岭”现在是一条笔直平缓的“村村通”水泥公路，路的两边已是一户户人家的楼房，但历史上的“喊气岭”则是一段几百米长的陡峭坡岭。过去，我们村庄东、南、西三面都被白荡湖水所环绕，唯有北边的一条山岗通向山里。山里人要出远门走水路，必须经过“喊气岭”。“喊气岭”是一条从山里通向湖边的羊肠小道，走完这条小道，然后到龙口的湖边码头去上船。

古代的“喊气岭”，如同《水浒传》里的“野猪林”。林冲从京城被押往沧州，经过树木茂密的野猪林，林中人迹罕至，要不是鲁智深尾随出手相救，林冲在这里被奸差害了性命便是一桩无人知晓的悬案。家乡的“喊气岭”与“野猪林”并无二致，除了中间一条羊肠小道，两边树木遮天蔽日，若不是正午，小道都是黑漆漆的一片，一个人行走都很瘆人，生怕窜出一只野兽或一个歹徒。

“喊气岭”不仅路窄，还又陡又长，赤手空拳的人爬过这道岭都要气喘吁吁，更何况挑着担子的人了，所以这道岭被称作“喊气”岭。

“喊气”是家乡的方言，就是直喘粗气的意思，相传一个住在湖边的人从山里挑回一担柴火，经过“喊气岭”，已精疲力竭，肚子又饿，就是过不了岭，后来他在口袋里无意中发现一粒蚕豆，他咀嚼了这粒蚕豆吞到肚子中，似乎又有了一点力气，然后咬着牙才翻过岭头。后来在家乡便有了“晴带雨伞，饱带干粮”的口头禅。

“喊气岭”何时变得不喊气了？确切的时间无法知道，它的岭头风化，它的坡度降低，应该是一个缓慢的过程，当然许多人为的因素，也加快了它“风化”与“降低”的速度。20 世纪 50 年代末与 60 年代初，我还隐隐约约地记得，“喊气岭”的人行路离村庄还有两三百米的距离。人行路两边高于路面，有私人的菜地，有成片的坟茔，菜地的墙埂和成片的坟茔旁长满了带刺的灌木和其他杂树。几百米长的“喊气岭”，还有十多棵几人合抱的大古树，这些大古树大多形如华盖，遮天蔽日，上面垒满了鸟窝。听说我还没有出生的时候，庄子上一个青年上树捅鸟窝，他爬到树梢的枝丫上，枝丫承受不住，他从几十米的高空中坠落，当场摔得七孔冒血，一命呜呼。因此在我小时候，母亲对我上树爬高严防死守，但“喊气岭”枝繁叶茂的大树，是飞鸟的天堂，又像磁铁一般吸引着我，时不时地还偷爬树上掏鸟蛋，与母亲周旋。

我的父亲也在“喊气岭”开辟了一块自留地，自留地虽然只有几分大小的面积，但填补了家庭一日三餐的不足。新中国成立后庄上的人口增多，一些弟兄分家，另起炉灶，便把房子盖到距“喊气岭”不远的近旁。他们家饲养的鸡猪四处觅食，便穿过“喊气岭”的人行道，窜到私人的自留地。各家为了防止鸡猪糟蹋自留地里的庄稼，便在自留地的四周垒起一道墙埂，上面再围上一圈篱笆。

我家墙埂内的这块自留地，种的品种比较多，小菜有豆角，有辣椒，有茄子，有苋菜，每个品种一小垄，剩余的空间栽山芋。山芋是当时全年的主食之一，在当时常闹饥荒的年代，没有菜吃没关系，没有粮食就要挨饿，所以每家的自留地，除了种些菜，多是栽了山芋。“喊气岭”的麻古土，土壤里混杂着或粗或细的砂粒，透水性非常好，山芋苗子丢下去就能存活。到了秋季，每一棵山芋藤下面都裂着大大的缝隙，缝隙下面便是一挂挂的大山芋，有的一个有数斤重。它们在土底下疯长，体积之大把表层的泥土都胀裂了。山芋不仅个头大，而且又红又光滑，吃起来非常面（指粉多爽口）。

在这一道墙埂内，除了自留地，还有几座坟包，这就无形中扩大了自留地的面积，坟包上当然不可种庄稼，但地里的南瓜藤可以往上牵引。初春时节，父亲在紧邻坟茔的地沟中用铁锹挖上一个深坑，家乡人叫“南瓜宕”，南瓜宕晒上几个日头后，再用火粪土填满。“火粪土”属于钾肥，它能促使农作物长得更为硕实。栽上南瓜秧后，不长的时间就开始牵藤，肥沃的“南瓜宕”，把瓜藤催育得每天都往坟头上爬行。一段时间后，空旷的坟茔被密密麻麻的瓜藤所覆盖，密密麻麻的瓜藤上开出许多黄花，黄花谢落后变成了瓜纽，瓜纽不久又长成各种形状的大南瓜。有的长成长条形，形状像瓠子，叫“瓠子瓜”；有的长得尾大头小，形状像葫芦，叫“葫芦瓜”；有的长得圆而扁平，形状像蒲草垫子，叫“蒲墩瓜”。坟茔草深，藤叶又密，南瓜尽管很大，但它们都被草、叶所覆盖，很难被发现，所以要到地里摘南瓜，还必须带上一根棍子用来拨开草、叶。

由于土壤肥沃，六七月份就可以摘瓜了，当然这时还是青涩的嫩瓜。母亲用它炒出的南瓜丝十分可口，众多的姐弟兄妹就像小猪抢槽，满满一钵的南瓜丝一会儿就被吃个精光。母亲摘的嫩瓜，多是“瓠子”形和“葫芦”形，这样的瓜一般长不大。对于那些“蒲墩”形的嫩瓜，母亲是舍不得摘的，“蒲墩瓜”成熟后不仅体积大，而且味道好，非常面（柔软爽口）。这样的瓜一定要等到“瓜熟蒂落”才搬回家。这样的瓜放在家里能存到秋冬，农闲时要节约粮食，南瓜便是我们的主食。

除了南瓜，南瓜藤、南瓜叶也是我们饭桌上的常菜。在食物丰富的今天，我们视餐桌上的南瓜藤、南瓜叶是难得的好菜，可当年并不是，当年的南瓜藤、南瓜叶多是给猪吃，人吃只是作为一种辅菜。母亲到地里摘南瓜，见到瓜藤、瓜叶过密，怕它们被捂了风（“捂了风”即挡住了风），影响瓜的成长，便将一些嫩头嫩叶掐下来，回家炒熟当菜，以补主菜的不足。

南瓜最怕干旱。一年大旱，两个月都没有下雨，每家自留地似乎都在冒青烟，菜和庄稼都被烈日烤焦了。我家“喊气岭”的自留地也是一样，尤其是南瓜，虽然一开始父亲和母亲早晚浇水，但瓜藤所开的花很少成灵（指不结瓜纽），瓜叶枯萎而稀疏，瓜藤无法向瓜叶提供足够的水分。久旱不雨，旱情越来越重，塘底都晒裂了，即便想给菜地浇水，四周也找不到水源，这时连人吃水都产生了困难。但母亲有一种信念，南瓜必须要救活。母亲每天和我到一公里之外的小河去抬水，一桶下去，水钻入裂缝，是“杯水车薪”，于是再抬第二桶第三桶……每天抬水浇瓜是我们母子的工作中心。通过每天不断地浇水，“喊气岭”自留地里的南瓜宕在整个旱季始终保持湿润，南瓜藤上的叶子又绿又密了。立秋之后，地里又结出许多秋瓜，母亲想等这些秋瓜长老点再摘，岂料一个很大的“蒲墩瓜”被人偷走了。母亲恼了好几天，其他的瓜不再等长老便全部摘回，家里床底下塞得满满的，全部是南瓜。

“喊气岭”变成农村的土公路，是 1977 年的事。当年还是生产队大集体，公社想修一条从白云区通往龙口街的公路，因为在计划经济年代，龙口街有供销社，有食品站，这些公家单位运送物资进出，靠肩挑背驮效率极低，便想修一条公路。公路全长 7 公里。当年修公路，并没有多少财力投入，投入的主要是人力。每天各大队男女老少齐上阵，低处填土，高处降坡，不长的时间就出现了一条公路的雏形。“喊气岭”是降坡的重点地段，由于下面是坚硬的麻古石，坡度降得并不是很深，只是向两边进行了拓宽。这样我家的自留地也就切去了三分之一，父亲沿着公路又重新垒起了一道墙埂，自留地的面积只有过去的三分之二了。

1977 年底全国恢复了高考招生制度，第二年我考上大学，从此我离开了家乡，“喊气岭”成了我的“客地”，只有寒暑假回家偶尔去看一下。两年后农村实行了土地承包到户制度，“自留地”的称呼便成了一个历史符号，后来就成为止大光明的自家土地了。父亲对“喊气岭”的那块小地更是珍爱有加，每天有事无事都要光顾几趟，看看墙埂是否被猪拱了，篱笆是否被禽畜弄坏了，按照他自己的话说：“亲戚三年一趟不算少，田埂一天三趟不算多。”

1988 年我母亲去世后，家里的田地全部送人了，唯独留下“喊气岭”这块小地。父亲一个人生活，除大姐在本庄外，子女都不在身边，他显然非常孤独。“喊气岭”这块小地便是他的精神家园，本庄的人几乎天天看到父亲拿着一把铁锹，在墙埂外修修，在墙埂里挖挖。90 年代初，“喊气岭”公路两旁陆续盖起了私人的房屋，公路旁边私人的菜地经不起众多家禽的破坏，不久也都一一抛荒了，只有我家的那块小地虽然处在私宅的包围之中，却完好无损。过路的行人每天都看到父亲在墙埂上修修补补的身影，一些熟人路过小菜地和父亲开玩笑，说：“你这个老鬼这把年纪，你儿子在县城上班拿工资，你还不歇歇享享福，每天这么辛苦干什么!”父亲也没有理会，笑笑继续干他的活。后来父亲对我说了这些，又顺便提及我的曾祖父在“喊气岭”拾金不昧的故事，说我们陶家八代没有人念过书，现在你能吃上公家饭，是祖上积德做了好事。当时我年纪轻，父亲絮絮叨叨说的这些我并不在意，现在我也老了，只有自己也老的时候，才能感受到老父那丰富的内心世界。“喊气岭”有父亲浓厚的情结，曾祖父拾金不昧，是在告诫下一代人，不义之财不要沾；在饥荒年代，父亲在“喊气岭”开荒种植，是恪守祖辈“种好一亩三分地”的古训，用辛勤汗水得来的东西吃得最心安理得；至于父亲晚年一个人生活，煎熬着孤独，他说怕给孩子们带来麻烦，他说他过去在各地做手艺，看到许多夫妻天天吵嘴打架，原因都是家里有个老年人。

父亲于 1996 年春去世。父亲去世后，家里的几间旧屋也倒塌了，“喊气岭”的小菜地再也没有人看管打理了，不久也就荒芜了。每年我除了做清明做冬至，很少再回到村庄，熟悉的故乡与我越来越陌生了。2016 年 10 月，我办理了退休手续，成了中国老年大军中的一员，一下子变得清闲了。人老好怀旧，常想到过去，想到“喊气岭”，于是乘着做清明的机会，在村庄的四周走一走，逛一逛。

来到“喊气岭”，小菜地已成了平地，成了周围私宅的稻床，小菜地四周有几棵叫不出名字的高大树木，当年长在墙埂上不过几尺高，是当作篱笆桩被保留下来的，现在高度已有十几米，地径已近一尺粗，上面枝繁叶茂，亭亭如盖。这时一户私宅的主人突然看到我，便走出门来。他是我的发小，他知道我家的小菜地虽已抛荒成了公产，但树的产权还是我家的，他问我这几棵树卖不卖，并说其中有一棵值一万多元。我惊讶有这么贵？他说前几年还要贵些，前几年每天都有几班人马下来，专门收购大树，收购人问他这些树卖不卖？他回答说，树的主人在县城当校长，可能不卖。这位发小又半开玩笑地对我说，你得感谢我呀，要不是我给你看着，这几棵树早就被人偷走了。

“树犹如此，人何以堪”，面对这几棵又高又粗的树木，我不禁想起了南北朝时一位文学家描写树的一句话来，感慨人生易老，岁月如梭。这时，一辆小汽车经过“喊气岭”，在我们面前突然停下来，车里走出一位年轻人与发小热情地打招呼，并随手掏出一包“中华”给我们上烟，聊了几句便又驱车离开。年轻人也是回来做清明的，发小说他是位在外搞装潢的小老板，现在交通发达，在外打工的年轻人，只要条件允许，几乎都有私家车，出门也方便。

望着远去的小汽车，望着平缓笔直的“喊气岭”水泥公路，想到我的曾祖父在这里拾到一袋银圆的时候，那时这里还是让起旱（起旱：指“步行走旱路”）的行人大喘粗气的茂林陡坡，也不过百年之间，更准确地说也不过是新中国成立后的几十年之间，令人大喘粗气的茂林陡坡变成了一条通往全国各地的宽阔大道，变化之大，真是沧海桑田啊！这样巨大的变化，当然是社会的进步，是喜，是高兴。

笃 山 头

笃山头，我家乡的一座小山。称其为“小山”，因为它的面积不到一平方千米，海拔也不过几十米。尽管它小，但在我儿时的印象中，它是雄伟的，又是美丽的。

我的家乡在白荡湖东部的圩区，方圆数十里见不到山，因而笃山头也就成了我家乡的一个令人骄傲的标志。我儿时贪玩，有时和小伙伴跑到十几里之外的地方，回来迷了路，但一看到笃山头，就仿佛看到了家，心里便踏实了。外乡人行路有时辨不清方向，但一提到笃山头，他们心里就有了谱。

笃山头，它东南边的山脚下便是笃山大圩，东边非常陡峭，西北边比较平缓，一道长长的山岗与笃山头相连接，这道山岗向西北方向绵延直达山里（今枞阳项铺、白梅一带）。我的家就在这道长长的山岗上。

笃山头东边的山脚，寸草不生，是一片光秃秃的石头。在没有圈圩的年代，白荡湖的水直接淹没到笃山头脚下。这一片光秃秃的石头显然是湖浪千百年冲刷的结果。这片光秃秃的石头，围绕着山脚，一直延伸到西北边的杨家笃山的庄头。

杨家笃山，一个二十几户人家的自然村庄，坐落在笃山头西北边的山脚。东北边庄头那一片光秃秃的山岗，据说还是一块风水宝地，历史上叫“田螺出日”。

的确，从远处看，笃山头就像一颗田螺面朝着东边的日头在晒太阳。笃山头的山顶就像田螺的螺帽，山上郁郁葱葱的树木，就像螺壳上的绿毛，向前延伸的那一片光秃秃的石头，就像田螺晒太阳时露出来的螺肉。千百年来耸立在白荡湖之滨的笃山头，活脱脱的就是一颗在水边晒太阳的田螺。

我儿时的笃山头，山上的一切都是生产大队的集体财产，山上的树木遮天蔽日，没有任何人敢偷砍一根树枝回家；西北边平缓的山脚是一片厚厚的草皮场，也没有任何人敢开荒营私，这里成了我们放牛的天然牧场。每次和几个小伙伴骑着牛来到这里，将牛绳往牛角上一绕，牛便美滋滋地啃着绿茸茸的草皮，我们则开心地玩着自己的游戏：爬树，摔跤，翻跟头，捉迷藏。

山腰茂密的树丛，几个人躲藏在里面，若不是自己主动出来，是很难被找到的。有时我躲藏起来，别人寻找，我担心别人不费吹灰之力就立即找到，又担心别人久久找不着而放弃了继续寻找，阴森森的树丛里，远离小伙伴，心里还真有些发虚。一只兔子擦身而过，吓得差点叫出声来，又怕什么其他伤人的猛兽随后而至。一次，一条乌梢蛇突然从身后窜过，我尖叫一声“蛇”，小伙伴们闻声而来，拿着石头和棍子，蛇也不知跑到哪里去了。

迷藏捉腻了，就改为讲故事。天南海北，奇闻逸事，会讲的不会讲的每人都要来一段，否则就要去为大家照应牛群。今天回想起来引以为豪的是，在讲故事的过程中，我充分地显示出了童年时代极其丰富的想象力。我当年还仅是一个小学三四年级的学生，就读过《水浒传》和《西游记》，还读过《鹤惊昆仑》《七侠五义》等许多闲书。而在讲这些故事的时候，我根据故事的情节添油加醋，极力夸张想象之能事。讲到武松打虎的拳头，一拳头就可以把笃山头砸平；讲到孙悟空的金箍棒，经常把天捅个大窟窿；讲到南侠展昭、北侠欧阳春的轻功，可以贴壁挂画，踏雪无痕。这些没有上过学的小伙伴们听得如痴如醉，我用故事征服了他们，我成了放牛娃这个群体的领袖人物。

以“笃山”命名的笃山大圩，是全县有名的一口万亩大圩。说它有名，是圩内的起潮田多，一旦破圩，水直达沿圩的各个村庄，村庄周边的大批良田将被全部淹没。所以，每年的汛期，笃山大圩都是防汛的重点圩口。站在笃山头顶峰，万亩大圩尽收眼底，笃山大圩的大堤北自金社的杨市，东接鳖山大圩，蜿蜒十几里，像一条匍匐静卧的巨龙。这条巨龙上接杨市的大干沟，将庐江、白梅那绵延几十公里山脉的洪水挡在堤外，直接排入白荡湖。每年的春汛季节，堤内，稻禾翠绿，一碧万顷；堤外，湖水如练，委蛇延伸。确切地说，白荡湖到了这里，已经不能称其为“湖”了，只能称其为“河”，即便在汛期，湖面宽度也仅两三百米，而越往北越窄，简直就是“沟”了。

笃山大圩的大堤兴修于1958年，真是人定胜天，把宽阔无边的大“湖”变成了窄窄的长河，千年的湖滩变成了万亩良田。在笃山头的下面有两处千亩以上的圩田，靠北边的叫“小河头”，靠东边的叫“大河场”。

“小河头”的圩田地势较高，土壤含沙量大，关不住水，容易干旱。我父亲说，以前这里是一片沙滩。他还讲了一个故事。清朝末年，山东的一帮人来东乡卖艺，带来一只凶猛的大马猴。猴子打擂台，许多好汉都输给了它。这帮卖艺人依仗着大马猴有恃无恐，卖艺变成了要挟。三十六名教中的一位好汉要挑战猴子，他提出了一个条件，不在擂台上比武，要到小河头的沙滩上去比武，理由是沙滩上场地大，无论来多少人都可以观看。

比赛那天，人山人海，这位名教首先出场，卖艺人将猴子从铁笼中放出，观看的人都为这位名教捏了一把汗。大马猴朝这位名教凶猛地一扑，名教顺势倒下，猴子以为获胜了，忘乎所以地傲视观众，名教趁机抓起一把沙子向猴子的眼睛砸去。猴子被沙子迷了眼睛，急忙用前爪去揉挠。名教一个鲤鱼打挺，拎起猴子的两只后爪，猛一用力，将猴子撕成两半。见到大马猴惨死，山东人立即号啕大哭起来，灰溜溜地离开了东乡。

这个故事现在想起来有些血腥，而当时听到父亲叙述这段往事，极为兴奋，有一种扬眉吐气的感觉。这位名教成了我心目中的大英雄。每次在笃山头放牛，我都要在那绿茸茸的草皮场上练鲤鱼打挺，也想将来成为路见不平一声吼的大英雄。

“大河场”这片圩田地势较低，特别是“大白”那一片，稍一下雨，就要排涝。这片圩田的泥土也很特别，就是烂泥特别深。人站在田里，泥巴陷到大腿根；牛在犁田时，肚皮拖在泥巴上，每迈出一步，都要艰难地把腿从深陷的烂泥中拔出，拔慢了一点，犁田人就用棍子在后面抽打。我们这些对牛怀有深厚感情的放牛娃很是同情，而大人却说：“牛要打，马要鞭，小孩子不打要上天。”

歇工的时候，年长的大人们也很有兴致地与我们谈古论今，说大河场过去是一片草滩，有各种各样的草，一人多深。涨水的时节，船进了这一片草滩往往出不来；冬天退水的时候，由于这里地势低凹，仍然还是一个湖泊，鱼多得不知其数，随便拨一拨覆盖的烂草，就有一条乌鱼蹦出来。

1969 年的夏季，笃山大圩的大堤崩塌，这使我亲眼看到了没有圈圩的年代笃山头那苍凉与悲壮的历史。据说是庐江、白梅那一带的山上起蛟，山洪咆哮而下，北端那一段狭长的白荡湖一时无法承受那凶猛的山洪，洪水漫过大堤，撕裂了口子，最终造成一百多米的圩堤崩溃。巨大的水位差，使湖水如脱缰的野马直泻而下，站在笃山头上可以清晰地看到那高大的水头直掀圩心，惊心动魄。湖水整整奔泻了一天一夜，整个白荡湖里的水位几乎下降了一尺，相互挤耗而没有破堤的其他圩口终于舒了一口长气。

大堤溃破，万亩笃山大圩顷刻之间变成了一片汪洋，万亩金黄的稻谷全部喂了鱼鳖，湖水直接淹没到笃山头脚下。湖浪拍打着山脚那光秃秃的石壁，破圩还原了笃山头千百年来的原始环境与历史。

笃山头的周边成了一片汪洋泽国，放牛的地方少了，笃山头上的牛多了起来。牛多为患，为了争抢地盘，免不了打架斗殴。为了牛的生存，大队出面联系，一部分牛被安排到数十里之外的山里去放牧。

更让人意想不到的是，笃山大圩破堤，给美丽的笃山头带来了灭顶之灾。

圩堤溃破后，各生产队的社员已无事可做，往年此刻正是“双抢”大忙季节，现在人们每天只能在冈脊少量的田地里磨洋工。生产队社员不必每天都集中统一出工，一些人家里缺吃缺烧，便把精力放在自家未淹的自留地上，或在外面锄一块草皮，抓一把柴火。

在外抓柴火，一些人竟然打起了笃山头的主意。附近村庄个别有背景的“小狠人”在笃山头偷砍树木，村民们反映到大队也没有解决这一问题，于是有人也跟着在晚上偷砍，后来公开在白天砍伐，结果一哄而上，连远处村庄的人也来捞一把。山上那遮天蔽日的树木没有了，满山遍野留下的是半人高的树桩，到处一片狼藉，浓郁茂密的笃山头，几天工夫成了一座“秃山头”。

区里和公社得知此事，下来调查，组织民兵在各家各户搜查，几乎家家都搬出成堆的树段和枝丫，只有几户家庭没有参与偷砍和哄抢。

50 年后的今天，再来看看笃山头，不仅没有了树，连山头也几乎被削平了，儿时的笃山头印象连影子也找不到了。1969 年发大水之后的冬修，各地圩堤加高加宽，需要护坡，便来笃山头采石，隆隆的炮声在山顶上此起彼伏，附近村庄的房屋都随声摇晃。炮声之后，铁锤钢钎齐挥舞，一块块巨大的石头从东边陡峭的山坡上直滚而下，一根根树桩被滚滚而下的巨石砸得连根拔起。接着 1975 年和 1983 年又连续发大水，不仅防汛需要石头，被淹的老百姓重建家园也需要采石，为防止洪水再淹倒房屋，圩区家家的屋基，都用石头堆得老高，笃山头上的石头源源不断地被运往各地。

我高中毕业后当上了大队干部，大队曾经着手恢复笃山头的植被，在公社的大力支持下，弄来成千上万株杉木，对笃山头也进行了整治与护坡，还专门雇了一位不能干重体力活的社员看山护林，杉苗一度长势喜人。全国恢复统一高考制度后，我上大学离开了家乡，几年后听说笃山头又成了“秃山头”。

家乡的笃山头，虽然山势并不高大，但它形成这样的高度，则需要经历千万年甚至上亿年的漫长过程。而毁掉一座笃山头，仅是一朝一夕的工夫。随着科学技术的发展，人类征服自然的能力不断增强，媒体上披露一些地方热衷挖山盖楼，削山造墅，我们从笃山头的变迁中，不应该进行深刻的反思吗？

孙家圩

孙家圩是我们家门口的一口小圩，它在村庄的东北边，面积大概三四百亩。孙家圩的圩埂从村庄的东边向北边呈弧形延伸，大约有一公里长。它虽然不是很高，但像一只内拱的手臂，有力地护卫着我们村庄东北边的起潮田。

所谓起潮田，就是每年夏季汛期湖水上涨时所淹到的田地。在过去没有圈圩的年代，与长江相连的白荡湖，一到汛期，湖水直接漫到我们的村庄边，东北边地势较低的大片良田便沉入水底，颗粒无收。秋冬季节，湖水退去，这些良田又错过了种植的时节。为了保护这些地势较低的起潮田，乡亲们便顺着地势，在湖滩中相对较高的土脊上用芦苇、稻草和树桩垒起了一道土坝，只要不是特大的水患之年，这道土坝都能把湖水挡在坝外。这道坝经过历代乡亲们不断加固，逐渐变宽变高，变成了一道像长龙一样匍匐的圩埂，埂外是浩浩荡荡的白荡湖，埂内是良田层叠的孙家圩。不过白荡湖浩瀚的主区域在濒临长江的西南边，东北边仅是内湖，湖面宽度大约 3 公里，夏季也很少有东北风，所以这里的风浪并不是很大。乡亲们经过多年垒起的孙家圩埂，自然是孙家圩的一道坚固的屏障。

1958年，全国到处围湖造田，白荡湖流域自然也不例外。那时候人们的干劲真大，不长的时间，在我们村庄的东北边就圈起了一口万亩大圩，大圩叫笃山大圩。大圩套小圩，它把孙家小圩圈在了里面，孙家圩埂自然也就失去了它应有的作用。孙家圩埂上，除了留下一条不宽的人行路外，两边供人们开荒，成了私人的自留地，种芝麻，种黄豆，长势很是喜人。

虽然孙家圩埂失去了它应有的防汛作用，但圩埂以内的孙家圩还是自成一体，圩内的水利体系依旧年年冬修。孙家圩的中央，也就是小圩的最低处，有一条大约一公里长的弯曲的河道，把小圩的板块一分为二。河道呈“N”形走向，宽度六七米，沿着“N”形河道的上下两处拐弯的地方，都是方圆数亩的河塘。下拐弯处的河塘，就在我们庄子偏北的村头。这里大概是笃山头的余脉。笃山头在我们庄子东边约500米处，它的山脉延伸到这里，使得河塘靠近村庄的一边，河底是一片平缓的麻石，河水非常清澈，即便小孩子们洗冷水澡，沉沙泛起，一时河水浑浊，过一会儿，河水又恢复见底的清澈。庄子上几乎家家户户都在这里吃水，因而下拐弯处的河塘可以说是我们村庄祖祖辈辈的母亲河。

说来也怪，也就这吃水的地方大约半亩范围的下面是麻石，再往河塘的中间，下面就是圩泥了。黑色的圩泥，多是枯草败荷腐化而成，非常肥沃。夏天，满塘荷叶，将大半个河塘覆盖得严严实实，荷香四溢，沁人心脾，洗完冷水澡的小孩们回到岸上，都要摘上几张荷叶当草帽，遮着日头蹦蹦跳跳回村庄。初秋，满塘荷叶又托起高耸的荷花，像一双双巨大的手掌，小心翼翼地呵护着心爱的美人；盛开的荷花几日后又化成一个个丰满的莲蓬，这些莲蓬里又白又嫩的莲子自然是孩子们天然的零食。他们每天定时来到河塘，光着身子边洗冷水澡边摘莲蓬，沿边的摘光了，就钻到荷丛中去采摘，上岸时，屁股、胯沟都被带刺的荷叶杆刮上一道道血痕。他们互相对视着满身的血痕，开心大笑，又戏闹一番，然后在河里抓起一把泥，将这些血痕抹起来，再用带来的篮子装上采摘的莲蓬，一路上，边剥着莲子边塞进嘴里回家。

“N”形河道上拐弯处有一片河滩，是一块十儿亩的低潮田。这块田基本上是荒种荒收，风调雨顺的年份它就有收成，但只要下一场大雨，它就很容易发生内涝，插下的稻禾便喂了鱼鳖。低潮田基本上常年都有蓄水，田底全是烂泥，唯有冬季田底放干，但仍微潮。这时生产队派人去犁田，田里的泥鳅和黄鳝真多，犁土翻起，犁沟里到处都是活蹦乱跳的泥鳅，有的黄鳝和泥鳅被犁头犁断，还在扭动着无首的残躯。我们玩耍的小孩跟在犁沟后面，陪着大人，捡着泥土里翻出的泥鳅。那个时候，还不知道泥鳅的营养价值，众多的泥鳅捡到家中喂鸡喂鸭，成了家禽的美餐。

低潮田翻犁之后，经过一个冬天的风化和雨水的浸泡，泥土非常松软，第二年春天无须再犁，只要用耖去耖平，再用耙去耙一下即可插秧苗了。所谓耖田，就是牛拉着约两米宽的铁耖，把田里高处的泥土拉到较低的地方，使整个田的表面大致趋平。大人在耖田的时候，将泥土拉到深水区，耖经过深水区时，水里突然翻出许多鲫鱼，这些鲫鱼被铁耖带到水较浅的地方，脊背露出水面，不断地游动，正是我们小孩猎取的目标。所以，每当得知大人要到低潮田去耖田或耙田的时候，我们都带着盆子和网兜，跟在大人后面，就像打扫战场的儿童团收获战利品，不费吹灰之力，半天就赚个盆满钵满。

鱼最多的地方还是“N”形河道，特别是上下两处拐弯的河塘。这条“N”形河道，是孙家圩的水利命脉，既有蓄水排涝功能，又有引水抗旱功能。

河道右下方的顶端，在孙家圩东北边的圩埂中央，圩埂底下有一个涵洞，它把圩内的河道与圩外的小河直接连接起来。圩外的小河是笃山大圩的一条主河道，有 10 多公里长，直通笃山大圩圩埂的闸口，闸口外面便是白荡湖。内涝的时候，闸口旁的排灌站便将圩内满河的水排向白荡湖；干旱的时候，闸口打开，又将白荡湖的水引入圩内的小河。因为孙家圩埂下面有这一道涵洞，孙家圩内的“N”形河道与圩外的笃山大圩小河共一体，也就是说，孙家圩内河道的水是“源远流长”的一道活水。

活水使得圩内河道的鱼类繁殖生长特别快。春夏水美草肥季节，在清澈的河水中，不时地能看到一两尺长的草鱼在水下游动，小孩子们捡起土块砸它，鱼尾一摆搅起一团水花，又不知游向哪里。村庄里有一位在矿山上班的工作人员，特别喜欢钓鱼，每次回家休假，便拿着鱼竿到孙家圩。他特别会钓乌鱼，一看到柳荫底下水面上浮草的形状，就能判断出那里是不是乌鱼窠，而且还能说出乌鱼的大小。当把乌鱼钓上岸时，重量大小还真跟说的八九不离十。

通向笃山大圩小河的涵洞，又叫鲇鱼洞，因洞里的鲇鱼特别多而出名。涵洞大约有 10 米深，口径能钻进一个大人。涵洞为较大的石头垒砌而成，石块与石块之间有的并没有咬缝，留下较大的缝隙。缝隙里面的泥土有的并不坚固，经过浸泡之后成为淤泥，淤泥被流水冲走，缝隙里面就会出现一个较大的窟窿。10 米深的涵洞，类似的大小窟窿还有几个。天长日久，涵洞流水不太通畅，生产队派人钻洞清淤，无意中看到了里面的窟窿，伸手一摸，窟窿里全是活蹦乱跳的鲇胡鱼。清淤人一边清淤一边抓鱼，一上午整整抓了几十斤，从此，人们便都知道了涵洞里深藏鲇鱼，孙家圩涵洞的名称也便为“鲇鱼洞”所取代，有人还时不时地进洞去摸鱼，每次从洞里出来都不空手。

河道左上方的顶端，是在孙家圩西南边红花山的山岗下面，叫作“十八条田埂”。在水车灌溉的年代，生产队有一部脚踏水车，五个强壮的男劳力上身趴在水车头上方的横木上，用脚踩着下面的转轮，把河道里的水车到较高的田里，然后再往下漫灌。这种原始的车水方法，自然是效果很慢，一天也灌不了几亩田。后来有了柴油机，接上水泵和水管，不用一天工夫，就能灌溉上百亩的旱田。

干旱的年份，山里（我们圩区人把项铺、白梅一带的区域称为山里）的庄稼几乎全部干死，连吃水也发生困难。山里一些人来到我们村庄走亲戚，当看到孙家圩内清亮亮的河水，看到孙家圩内绿油油的稻禾，对我们圩区的日子好羡慕，还有热心的亲戚乐意做红娘，要把亲友家的姑娘嫁过来。是的，即便是这样干旱的年份，孙家圩内每一块水田都有足够的蓄水，足够的蓄水不仅保证了稻禾如期茁壮生长，还为水田里大量的田螺、青蛙、黄鳝提供了良好的生长环境。一些会捅黄鳝的青年，趁着中午人们休息的时间到圩田捉黄鳝，当看到稻田水下有洞孔或者有许多泡沫集聚的地方，十拿九稳下面肯定有黄鳝，个把钟头的时间，便有一大挂黄鳝拎回家；运气好的时候，路上还会顺便逮到一只从河道里爬到田埂上的老鳖。在那个一年到头难得吃上一回肉的年代，这些黄鳝和老鳖正好为山里来圩区走亲戚的客人解了馋。

特大干旱的年份，孙家圩河道也有干涸的时候。某一年，全国大部分地区久旱不雨，旱情严重，到处都在抗旱，孙家圩河道旁的柴油机同样开足马力，日夜不停地抽水抗旱。过去抽水抗旱，孙家圩河道的涵洞通过笃山大圩的小河，有白荡湖提供的源源不断的水源，即使水抽得再多，河水也都是满满的，可是这时的白荡湖，自身水位也很低，闸口无法引水入圩。孙家圩河道失去了白荡湖提供的水源，不到几天的工夫，河水就快见底了，这个时候，庄上的男女老少，都争先恐后地到河里去捉鱼，他们有的拿着“哈趟”（一种推网），有的拿着捞兜，有的拿着鱼叉，有的拿着鸡罩。用鸡罩抓鱼一般抓的都是大鱼，因为鸡罩网眼很大，小鱼能从网眼中钻出去，只有大鱼体积大，钻不走。一旦看到水底下冒水花，或者鱼脊露出水面，一罩下去，那就是“瓮中捉鳖”，十拿九稳，十分过瘾。

闹哄哄的捕鱼时间，大约也就半天工夫。会抓鱼的，半天收获几十斤，不会抓的也有几斤、十几斤的收获。大人们干活去了，留下的都是小孩子，虽然河底是一摊浑浊的泥水，鱼被捉尽了，但他们还不肯走，还在烂泥中踩来踩去，结果真的踩出很大的收获，竟然在烂泥中踩出数条几斤重的大乌鱼，有的还踩出了老鳖。

从我记事开始，无论是涝是旱，即使别处歉收，孙家圩也几乎年年丰收，每年闹春荒，外地的亲戚都要来我们庄上借粮食。三年困难时期，我们庄上尽管也有一天只吃两顿的，但有的还省吃俭用接济断炊的亲戚，这一切都要归功于旱涝保收的笃山大圩。

唯有一年，我们庄上发生了大危机，那是1969年发大水，笃山大圩溃堤，圩中之圩的孙家圩自然不保，白荡湖的水直接淹到我们的家门口，田地沉水底，村庄像孤岛。

笃山大圩的圩堤，本来坚固得像铜墙铁壁，因为它处在白荡湖的内湖，湖面很窄，基本没有风浪。它的溃破，据说是山里起蛟，山洪与泥石俱下，窄窄的白荡湖内湖的湖面泄洪不畅，笃山大圩的堤埂终于抵挡不住如猛兽下山的蛟水，造成堤崩圩破。巨大的水位差，浪头有数米之高，倾泻的水流宛如一条一里多长的白龙，场面之惨烈，让人不寒而栗。后来听大人说，笃山大圩的堤埂有100多米的豁口，湖水流淌了一天一夜还没有淌平。笃山大圩的溃堤，使得白荡湖的水位一下降低一尺多。

田地没有了，人们还要生存下去，大人整天愁眉苦脸，我们小孩不理解大人的心思，对破圩还异常兴奋，因为虽生长在湖边，却从来还没有见到过湖水直接淹到家门口这样大的阵势，每天不用走几步，就可下湖去游泳，面对一望无际的湖面，既感到紧张恐怖，又感到刺激过瘾。胆子大的游出一两百米，胆子小的就在湖边戏戏水。大人们常编一些水怪的故事，也警示我们不要游得太远。

一天晚上，人们在湖边乘凉，突然孙家圩的水中发出巨大的声响，如同水牛翻滚，我们小孩的第一反应就是真的有水怪。第二天白天，大人们在山岗上劳动，“水怪”又出现了，原来是一条大鱼在孙家圩的水中央翻滚，并掀起巨大的水花，有的说这条鱼有七八十斤，也有的说有一两百斤。

七八月份发大水的两个月，这条鱼一直都出现在孙家圩里，它游的速度极快，有时看到它尾巴一摆，后面便犁出一条浪槽。人们在圩边远远地观望，仿佛在看特技表演。

8 月底江堤开闸，白荡湖水位逐渐下降，孙家圩埂较高的地方已露出水面。为了防止圩内的大鱼逃跑，生产队一方面每天在圩中央撒菜籽油饼，给鱼喂食；另一方面组织青壮劳力在埂堤上打桩围起栅栏。

湖水每天都要退下几寸，孙家圩埂大部分都已露出水面，孙家圩内的一些鱼似乎不习惯于被圈在小天地中，每天都有许多肥鲢从埂内往外跳，有时这些肥鲢仿佛在举行跳高比赛，一个带头，众多响应，此起彼伏。我们小孩每天光着身子，在埂堤中深一脚浅一脚，守株待兔似的等着肥鲢落到埂堤上，由于有栅栏，很少有鱼能跳出埂外。

埂堤全部露出水面，圩内圩外有了水位差，孙家圩便从埂堤下面的“鲇鱼洞”向外放水，为了防止圩内的鱼钻洞而逃，人们使用丝网拦住洞口。

孙家圩破圩的时候，正是早稻勾头将熟的时节，几百亩将熟的早稻自然把涌进圩中的鱼喂得又大又肥，惹得周边庄子的人眼红，有的想偷，有的想抢。隔壁大队的一个庄子叫孙庄，坐落在孙家圩的北边，离孙家圩不到一华里。庄上的人硬是说孙家圩在历史上是他们的，不然怎么叫“孙家”圩呢？他们在外扬言，孙家圩的鱼，他们有份，如果不带他们分就抢。

就在我们庄子严阵以待、以武对抗的时候，突然出现了重大的转机，孙庄人终于承认孙家圩的鱼与他们没有关系，因为孙家圩没有他们的一分田地。

原来，该庄有一名大队干部，他的女儿在笃山大圩不慎落水，被我们庄子一位少年救上了岸。这位大队干部在本庄很有号召力，为答谢救命恩人，他自然要出面阻止本庄人这种无理要求，化解了这场“抢鱼”的风波。也还有一些热心的人，想撮合一门亲事，对大队干部说你姑娘的命是某某人救的，这小伙子不错，开一门亲吧！无奈这位少年当时家里穷得周边出名，这位大队干部笑笑以示婉拒。几年后，这位少年成了我们庄子有名的干活能手；又过几年后，适逢改革开放，这位少年凭着自己的勤劳与智慧，努力致富，在我们庄最先盖起了楼房；又是几十年后，这位少年的孩子也十分争气，从学校毕业后供职于深圳。这位少年今天已步入老年，在家乡种了几亩田地，开个三轮车，常乐于帮人助人，人缘很好，几乎每天都有乡邻请他喝酒，过着优哉游哉的农家日子。也不知当年那位被他救上岸的女孩后来嫁了什么人，今天的日子过得如何？但愿她同样拥有自己的美满家庭和幸福生活。

孙家圩内的水通过“鲇鱼洞”每天向外排放，圩内还有一半水，人们关心的大鱼每天偶尔还在圩内的水中央露面。大家关心大鱼，我们小孩更是好奇这条“大鱼”到底有多大，盼着圩内的水快点排光。

孙家圩里所有的圩田终于全部露出水面了，破圩时几百亩水面的大小鱼类全部汇集到圩中心的“N”形河道，河道里几乎鱼挨鱼，有的偎在水底，有的露出水面。最有趣的是通向“鲇鱼洞”的那条笔直的河道，河水朝涵洞方向流淌，水面是一排一排的鲫鱼，随着流水向涵洞方向有秩序地游动，看那“一排一排”的阵势，仿佛是接受检阅的三军仪仗队。后来在课本上读到“人流如鲫”“鱼贯而入”这些成语，不用语文老师解释，我就知道是什么意思。

随着河道水位的进一步下降，生产队终于宣布开始捕鱼了。鱼是集体的公产，自然不允许像平时那样随意下河捕捞。捕鱼由西南向东北，每天有计划地分河段进行，小孩子只允许站在岸上看热闹，即便捡到鱼都要统统交公。河道里什么样的鱼都有，又大又肥，有的鲫鱼有一斤多重，我们平生以来还未曾见过；最多的是鳊鱼和草鱼，鳊鱼都在两斤上下，草鱼都有 10 斤左右，最大的有十五六斤。捕了几天，人们还没有见到那条“大鱼”，有的说可能跑掉了，有的说可能在河塘里，因为那里的水较深。

河塘是最后捕捞的一段，大家小心翼翼，都希望亲手捕到那条“大鱼”。捕到一条胖头，有近20斤重；又逮到一条草鱼，也有近20斤重，但大家都认为不是那条一直令人关注的“大鱼”，认为那样大的水花和速度，不是这样的胖头和草鱼能做到的。就在大家疑惑议论的时候，河塘里又搅起一圈巨大的水花，人们一下子像吃了兴奋剂，集中全力围捕这条“大鱼”。“大鱼”终于被逮到了，但令人有些失望，它没有七八十斤，更没有一二百斤，原来是一条长不过一米、重不过十几斤的鳡丝鱼。集体分鱼的时候，这条鳡丝鱼不好搭配，便被在我们庄子织老布的一位庐江大嫂伍元钱买去了。

1978年我上大学离开了家乡，两年后土地承包到户，我家在孙家圩分到了两亩田，暑假回家帮助家里双抢还常去孙家圩，以后参加工作，就很少去孙家圩了。再以后，母亲病逝，父亲年迈，家里的田地送人了，整整30年，足迹再未踏进孙家圩。退休后，有恋旧情结，借回乡的机会，专程漫步孙家圩，可再也找不到过去孙家圩的影子了。孙家圩埂已经没有了“埂”，已变成了十几米宽的畈地；“N”形河道也不见踪影，它已和低潮田连成一片；两个拐弯处的河塘只剩下我们村头的一处了，而且面积很小，就像一块泥潭，潭中布满了杂草，再也看不到当年那清亮亮的河水了，好在现在庄上家家吃井水，再也不用到河里去挑水了。庄上的人告诉我，当年田地承包到户后，孙家圩内的河道就没有人组织冬修了。又过了一些年后，青壮年都到外地打工挣钱，在家的都是妇女和老人。种田收益少，田地无人要，全都送人了，不仅孙家圩的田集中到几个人手上耕种，就连笃山大圩的田地也都被几个种粮大户承包了。笃山大圩的小河也成了残河，种粮大户都重新修挖了自己的水利河道。听了这些，感觉到沧海桑田，变化真大，儿时的孙家圩印象，只能从记忆中去寻找了。

唐岗巡堤觅白荡

在党校任职期间，每年一到汛期，党校都要派一位校长到白荡湖流域去参加防汛工作。我当年在几位校长当中最年轻，所以这件事每年都落到我的身上。

按照县里安排，党校配合乡镇防汛的圩口是白荡湖南边的赵青联圩。赵青联圩是一口万亩大圩，圩堤东起唐岗村，西到万桥村，全长约有10华里。镇里防汛指挥部设在唐岗村，我们住在村主任家。

与连续多日的暴雨风浪搏斗之后，天气一旦转晴，便是人与湖水相持阶段。在相持阶段，我们每天的任务是巡堤查岗，日夜在大堤上从东巡到西，巡查是否出现新的险情，巡查各村民组防汛人员是否在岗在位。

在巡堤的时候，也有难得的偷闲时光。漫步在大堤上，观望着白荡湖近处清澈的湖水、远处隐约的山峦，就有一种文学创作的冲动。

风平浪静的清晨，白荡湖被一层薄薄的雾霭笼罩着。薄薄的雾霭，一会儿便化成一片片薄薄的轻纱巾，轻轻地拂拭着湖面，湖面被拂拭得平平整整，晶莹透碧。此时，你很自然地联想到朱自清的散文《绿》，白荡湖，恰似一位清纯的少女，把她称作“女儿绿”，一点也不做作多情。

白天，站在湖堤上，微风拂面，令人心旷神怡。远处，隐隐约约的大堤护绕着一片隐隐约约的村庄和一排排楼房，起伏的山峦倒映在湖中，构成一幅绝妙的湖光山色图，又恰似海市蜃楼。

傍晚，夕阳把湖水染得一片通红，顽皮的儿童随着大人在湖边戏水，无忧无虑地唱着、闹着，激起一片片水花，如珠溅玉落；不远处停靠着几只小船，船上传出悠扬的歌声，时断时续，时浓时淡，好一派“渔舟唱晚”的景象。

夜幕降临了，一切又恢复了平静，堤上虫声唧唧，堤下暮霭轻笼，纳凉的村民数着天上的星星，说着牛郎织女的故事。

这就是每年汛期我在唐岗，每天巡堤时所见到的白荡湖。

白荡湖，要是永远这样温柔娴静该多好啊！然而，我亲身经历了多次的防汛，尤其是1999年夏季那场旷日持久的防汛，白荡湖就像发了疯的魔女，又给人们带来了多少威胁与灾难！

从防汛日记中查到6月29日这天，本来湖水并不吃紧，可一夜暴雨，偌大的白荡湖湖面水位陡涨一米多，令人措手不及，防汛级别陡然升到最危急的关头。远处蜿蜒逶迤的一道道圩堤像一条条挥舞着的长鞭，赶着一群群鳄鱼似的巨浪，撕咬着大堤，转眼间，坚固的大堤就被啃掉了一半。险情就是无声的命令，村民不分男女老少全部上堤抢险。拆房子，砍树木，打排桩，下石牛，沉驳船，众志成城，终于击退了洪水的袭击。以后的几十天，人湖对峙，类似的险情又发生了多次，但最终大堤保住了。

茫茫无边的白荡湖，一夜暴雨怎么就陡涨一米多呢？除非是银河倒倾。然而，一次在万里无云的晴天，我站在唐岗赵青联圩的大堤上，面对白荡湖，仔细地寻觅观察，相信这完全是有可能的。

赵青联圩的对面是豸岭大圩，豸岭大圩的大堤恰恰横卧在白荡湖北边的湖中心。再看看我脚下的赵青联圩大堤，也恰恰横卧在白荡湖南边的湖中心。其他沿湖的圩堤，也大都如此。能在湖中心的烂泥滩上筑起一道道几十里长的大堤，我确信当年“人定胜天”的力量和决策者的勇气。白荡湖流域有多少圩口呢？万亩以上的大圩近十口，普通的则不计其数。这样算来，今日白荡湖的湖面是历史上湖面的三分之一还不到，一到汛期，那三分之二圩口面积的雨水都往这三分之一的湖面里排泄，还有那几十公里外的山洪奔泻下来，一夜之间不涨一米多才怪呢！

听老人说，历史上的白荡湖是湖畔居民的生命之湖。

六月夏季，荷叶林立，荷香四溢，美丽的荷花含羞地藏在宽大的荷叶中，引发出许许多多动人的故事；湖里有采不尽的菱角和挖不尽的藕；湖里的水产丰富，秋季拉大网，一网几船鱼；湖滩上，到处是乌鱼和老鳖，牛在河滩上自由地吃草，牛踩的脚坑里，随手一摸，不是乌鱼就是乌龟。在当时生产力极其落后的自然经济状态下，就是这生命之湖哺育了一代又一代的湖边儿女，使得白荡湖边人丁兴旺。

白荡湖是生命之湖还表现在，她又是躲避灾难的天然屏障，150 多年前“长毛子”杀人，70 多年前跑鬼子反，人们钻进白荡湖的草丛中、荷叶下，令那些施暴者望湖兴叹。

对于老人的传说，我一点也不怀疑，也无须考证，从现在许多叫“咀”、叫“渡”或叫“岗”的村庄来推断，它们当年就坐落在湖心，尽管现在已远离湖畔。

白荡湖啊，白荡湖，你历尽沧桑，你发生了巨变，百年前的湖心，今日是良田成片，稻花飘香；百年前的湖滩，今日是座座村庄，幢幢楼房。这无疑是人定胜天、征服自然的伟大成果。然而，在欣喜的同时，我又产生一丝忧郁：随着社会生产力的进一步发展，几十年、几百年后，白荡湖又会变成什么样子呢？

远处传来一阵“隆隆”的马达声，循声望去，是防汛指挥部巡堤的汽艇。汽艇后面，犁出一道很深的湖浪，湖浪向两边拂去，湖面上出现一个巨大的“人”字，我顿时悟到：人，是伟大的。人类在与大自然相处中，会不断地总结经验，吸取教训。“绿水青山，就是金山银山”，随着绿色发展理念不断地深入人心，人类在反思自己历程的同时，一定会更加重视生态建设，一定会把我们生存的环境建设得更加美好，白荡湖一定会展现出比过去更加迷人的风姿。

浮山望古

站在浮山的飞来峰前，向四周眺望，眼前突然出现这样的幻觉：在一片汪洋大海的东海尾梢，天上的玉皇大帝与东海龙王结成了儿女亲家。玉皇大帝的女儿嫁给了海龙王的三太子，到了吉日佳期，龙王派了一只大船去东海岸迎亲，一路上吹吹打打，扬波作浪，来到了今日的枞阳县境，恰值观音菩萨从上空路过，见水中龙舟兴风作浪，生灵遭殃，于是大发慈悲，拔下头上玉簪往水中一插，扯根青丝发，系住玉簪和龙舟，从此这条大船就永远永远地定在这里了。你看，那直立如桩的樯山，就是观音菩萨的玉簪；这脚底下像一条大船紧靠在白荡湖畔的浮渡山，就是那时迎亲的龙舟；那两山之间如索如链相连的缆山，就是观音菩萨扯下的一根青丝发。

这是一则古老的神话传说。当年在浮山中学教书，每到周末必登浮山，每当站在飞来峰前，眼前都会出现这样的幻觉。

神话传说，按照马克思的解释，往往都是人类在童年时期对大自然的某种现象无法进行科学解释时，便就它的现象加以想象，进行艺术加工的结果。沧海桑田，这是地壳板块运动的结果，巍峨的喜马拉雅山，亿万年前也是一片汪洋大海。浮山，在亿万年前也许完全是一片汪洋泽国，沉寂的时间漫长得如同漆黑的长夜，后来浮山这块土地终于从一片汪洋泽国中慢慢地隆起。

有了陆地，有了水，有了阳光和雨露，物种陆续地诞生了，很多很多年后，人类也在万物的竞争中出现了。人类的出现，距今大约两三百万年的历史，人类最早何时出现在浮山这块土地上，是几万年还是几十万年？目前尚不得而知。根据考古发现，凡是早期人类的遗址，都出现在有山有水的地方。浮山这块土地，有山有水，完全符合早期人类的活动要求。据考古发现，浮山有新石器时代的遗迹，证明早在 5000 年前，人类的祖先就在浮山这块土地上生活繁衍。

5000 年前，是黄帝、炎帝的部落兴盛的时期。5000 年的时间，在人类的历史上非常漫长，但在整个历史的长河中则不过是一瞬间。5000 年前的浮山是什么样子呢？有古老的长江可以见证。

江河与高山是相辅相成的一对孪生兄弟，有了唐古拉山和巴颜喀拉山，也就有了长江与黄河。浩浩荡荡、奔腾不息的万里长江，是中华民族的母亲河。浮山耸立于白荡湖畔，白荡湖与长江连为一体，即为长江的支江或支流，那么，浮山也就可以说耸立于古代的长江之滨。

朝西北望去，浮山这一带的山脉很长很长，水域也就向里面延伸得很远很远。四周都是水乡泽国，突兀地耸立起一座山来，“山浮水面水浮山”，有这样的奇特景观，古人真的以为有什么神力在下面托起，很自然地就把它叫作“浮山”了。

耸立于江水之滨的浮山，阳光充足，气候润湿，必然是植被茂密，花果遍地。人类的祖先生存的最佳环境是森林和山洞，森林里有野果充饥，山洞则能遮风挡雨。浮山二者兼而有之，在新石器时代，人类的祖先就在浮山这块土地上生活繁衍，也就不难理解了。

“开山祖师”，原是一个佛教用语，指第一个在某一名山建立寺院庙宇的高僧大师。“天下名山僧占多”，浮山在历史上是一座佛山，第一个来到浮山建立庙宇的僧人，之前肯定是踏遍了千山万水，最终能选择在浮山落脚，可见浮山在历史上的确是一座山清水秀的名山。

远在晋梁时代，浮山就建立了寺庙，时为“浮山寺”，后毁于兵燹。陈隋年间，浮山成为佛教天台宗智者大师的道场。赵宋以后，又是佛教曹洞宗的祖廷——圆鉴大师弘扬佛法的圣地。宋朝天禧年间，河南郑州名僧远禄来此住持，是为浮山第一代开山禅师，宋仁宗赐号圆鉴大师，又赐寺名“大华严寺”。欧阳修慕名前来，请圆鉴说法。“千里飘囊归叶省，一屏棋局付欧公”，圆鉴以弈棋作比，说明佛教原理。远禄坐化后，建塔会圣岩，塔铭为范仲淹所撰，现存塔系明朝重修。

随着浮山寺更名为“大华严寺”，浮山进入了佛教鼎盛的时期。到了明朝万历年间，明神宗下诏，颁赐“藏经、袈裟”，如今圣旨碑尚存。清康熙年间，无可大师，即明清之际的思想家、科学家方以智住持华严寺。历史上，这里曾经寺庙、塔院林立，数度繁盛，高僧辈出，成为驰名海内外的佛教丛林。

同时，浮山又是我国道教三十六洞天之一。在此修法学道之人，汉有左慈，宋有张同之，明有雷鲤等，他们观浮山之美景，采浮山之芳蕊，饮浮山之甘露，养道家之精气。

浮山，是一座文化底蕴极为厚重的“文山”。从现存的 483 块摩崖石刻可以看出，晋梁以降，浮山留下了大量的名流雅士、文人墨客的足迹。唐朝诗人孟郊、白居易，宋代政治家、文学家范仲淹、王安石、欧阳修、苏轼、黄庭坚，明朝宰相何如宠、御史左光斗，公安派文学家袁宏道、袁宗道，竟陵派文学家钟惺，清朝大学士张英，文学家方苞、戴名世、姚鼐等，均来此游览。

一个个如雷贯耳的大文豪来到浮山，一是因为浮山是一座名山，浮山绿水青山的美景令他们神往。这里有孟郊一首《金谷岩》的诗为证：“鬼斧何年开石室，人行此地作金声。山中信是神仙宅，不羡繁华浪得名。”二是因为历史上浮山的水上交通便捷，到浮山比较方便。我们再来引用清代张佑的一首《浮山》诗为证：“巉岩邃洞枕溪流，水拥云封势若浮。常恐随潮归渤海，虚疑垂舫在瀛洲。帆樯历历通吴楚，塔院巍巍逼斗牛。仙客留题同不朽，石床苔壁几经秋。”浮山耸立于白荡湖畔，白荡湖与万里长江相连。在古代，陆路交通不发达，万里长江就是国道大动脉。“帆樯历历通吴楚”，指的是浮山水运发达，直通吴楚大地。走出浮山或者走进浮山，距离再远，只要一上船，就不必受陆路徒步之苦。文人墨客乐山乐水，沿着万里长江，直达名山浮山，流连于山水之间，吟风咏月，酬唱应和，千年以降，代代相继，因而累积了厚重的“文山”文化。

由浮山发达的水上交通，我又想到了浮山为什么又成为一座“红山”。1927 年，第一次国内革命战争失败后，上海、安庆的共产党人和进步人士，如王步文、柯庆施、周新民、朱蕴山、房师亮、黄镇、任锐等，都先后转移到浮山，在会圣岩下设立了中共桐庐县委机关，以浮山中学为联络点，以岩洞为秘密会议场所，领导了桐（城）庐（江）舒（城）一带的农民运动。从上海乘船沿江溯流而上，可直达浮山；安庆是当时的安徽省省会，顺江而下，进白荡湖，到浮山，仅有不到一天的路程。浮山能成为一个地下根据地，当然是由于这里生态植被好，隐蔽性强，“东西南北皆水汇”“山浮水面水浮山”，水上交通便利，转移快速方便。

“南天极目纵情思，铁马金戈卷战旗；多少英雄易水恨，飞来峰上立多时。”一次，我站在飞来峰前，仰望南天，心潮澎湃，诌出了以上四句小诗。浮山的区位优势，又决定了它是历代兵家的必争之地。浮山的寺庙，多次毁于战火，就证明了它是一个古战场。这里水运发达，一切战略物资沿江可以运往各地，可见它的地理位置之重要。

浮山有妙高峰，元末陈友谅曾屯兵扎寨浮山，在此操兵点将，故此处又叫“点将台”。浮山的会圣岩近旁，还有“朱洪武炮台”。由“朱洪武炮台”，我想到了离浮山不远的会宫镇，想到了“会宫”地名的由来。朱元璋在长江被陈友谅打败，一路北逃。为逃避追兵搜查，躲藏在山洞中，危急之时，蜘蛛结网封闭洞口，朱元璋逃过一劫，连夜召集人马继续北上。当晚雷鸣电闪，风雨交加，路遇一条小河，此时河水暴涨阻断他们的去路，追兵将至，突然一声炸雷击中一棵大古树，大树像巨龙一样横架河上，一队人马踏树而过，追兵到时大树已随河漂走。后到一山冈庙中与马娘娘拜天地，此地就是今日的会宫。朱元璋是安徽凤阳人，在长江一带交兵，会宫地名的由来并非没有根据。浮山的佛教文化在明代为什么受到皇家的高度关注，为什么能发展到历史上最为鼎盛的时期？我想，这与他们的太祖曾当过和尚不无关系。明代的朱家，对浮山有着很深的情结。

太平天国运动时期，陈玉成三河镇大捷、枞阳望龙庵军事会议等事件的发生地都在浮山周围。浮山见证了金戈铁马，“城头变幻大王旗”，阅尽人间春色。

党的十九大提出了“加快生态文明体制改革，建设美丽中国”的战略目标，强调“人与自然是生命共同体，人类必须尊重自然、顺应自然、保护自然”。在“绿水青山，就是金山银山”的发展理念引领下，相信不远的将来，一个湖光山色、游人如织的美丽的生态浮山将会浮现在我们的面前。

后　记

我自2016年退休后，便长住山东的济南市。虽身在异域他乡，但心常在安徽枞阳的家乡，常想到家乡的白荡湖，想到在白荡湖边度过的童年岁月和青春时光。

白荡湖是我家乡的母亲湖，据考古发现，5000年前，白荡湖流域就有人类的祖先在此定居，繁衍生息。千百年来，白荡湖敞开自己的胸膛，用甘甜的乳汁哺育着一代又一代儿女茁壮成长。从我记事时起，就常听大人茶余饭后感恩白荡湖，说着白荡湖边过去的许多故事。

历史上湖边人家田地少，一到夏季涨水期，湖水淹到家门口。“靠山吃山，靠河吃河”，湖边人家赖湖而生存，他们除了跑船搞运输外，便是长年在湖里刨食。白荡湖水生植物特别丰富，一到夏季，白荡湖沿岸便被荷叶、菱角、芡实、芦苇所包围。莲藕是湖边人家的主食，菱角菜几乎是湖边人家一年四季的家常菜。除了水生植物外，白荡湖里的鱼类水产更是诱人，湖水退降的秋季，湖边人家拉大网，一网都是几船鱼。鱼类尤以鲢鱼、胖头、草混最多，每条都有10多斤。乌龟、老鳖满滩爬，到处可见。湖边人家视乌龟为神物，再肥再大也无人捡回家。又肥又大的野鸭浮游湖面，任凭人们随意去捕捉。冬季，湖水退到湖心，大片的湖滩又是湖边人家临时的蔬菜地，随便撒下几粒菜籽，春季便是满滩的蔬菜。正是白荡湖的丰富物产，有力地保证了湖边人家的生存与发展。

20 世纪 50 年代末，全国到处围湖造田，以扩大粮食生产总量。白荡湖也和全国其他地区一样，150 多平方千米的湖面，一下子就被圈掉了三分之二，大片的湖滩变成了圩田。

白荡湖四周大量地围湖造田，改变了千百年来湖边人们的生存方式，也改变了白荡湖的生态环境。围湖造田后，湖边人家的田地陡然增加了许多，但也带来极高的防汛抗洪的成本。风调雨顺的年份，湖边人家自然是“喜看稻菽千重浪”，而一旦遇到发大水的灾年，人们冒雨日日夜夜死守在圩堤上。湖边人家几乎年年都是这样“冬挑大堤夏防汛，保住大堤抢收种（双抢），双抢之后完公粮，交完公粮又秋忙”。尽管一年忙到头，但是白荡湖边还有不少家庭一到春天就缺粮。

我从小生长在白荡湖畔，童年在湖畔河塘戏水游泳，在湖畔圩田放牛砍柴，在湖畔河渠摸鱼捉虾，成年后和社员一起参加生产队集体劳动，在圩田插秧割稻，在圩堤防汛抢险。后来全国高考招生制度恢复后我上了大学，暂时离开了湖畔，大学四年后又回到家乡白荡湖畔的浮山中学当老师。几十年中我亲眼见证了白荡湖的历史变迁，见证了白荡湖畔人们的勤劳、坚韧与勇敢，见证了在艰难岁月人们的乐观与期盼，更见证了改革开放后，白荡湖畔的人们久藏的血性精神一下子迸发出来，他们敢试、敢闯、敢冒，最终由贫穷变富裕，又由先富带后富，报答白荡湖畔，报答社会和国家。

这些见证，常萦绕在我的脑海中，是那样的刻骨铭心。有时在微信群中和学生、和儿时伙伴、和湖边老乡聊天，话题不知不觉地就转到白荡湖畔的往事。他们建议我把有关白荡湖畔的所闻、所历、所见写出来，以便让在外的游子记住童年的乡愁。于是趁着退休难得的清闲时光，我每天趴在电脑桌前敲着键盘，写下了这些文字。

在这些文字形成的过程中，我得到了很多友人的支持与勉励。在写作之初，我还没有那么特别的自信，总觉得所写的多是乡土旧事，内容平淡无奇，担心上不了大雅之堂，没有什么可读性。在此，我要感谢那些微友们，文章发到朋友圈，得到他们的关注与点赞；我要感谢浮山中学昔日的学生们，文章发到浮中校友群，得到了他们的肯定与好评。疏胜平、周平、方能斌、唐文兵、王皖宁、吴其虎、吴春晖、吴庚年、王叙元、荣飞、李军等同学，这些浮中昔日的弟子有的身处天南地北、海内海外，有的身居要职，工作繁忙，但几乎每篇必读，还留下了准确而精到的评语，都是对我莫大的鼓励。特别是合肥工业大学出版社的疏利民编辑，他看到文章后，专门打电话给我，在对文章给予肯定的同时，还勉励我继续写作。我在写作中遇到困惑时，他又鼓励我不要受他人的影响，按照自己熟悉的路子和风格坚持写下去。大家的肯定与鼓励，使我产生了写作的勇气与信心。我在写作中尽量不煽情不滥情，文章不因人而兴，也不因人而废，力求写一点能经得起时间考验的乡愁文字。

我的这些文字能结集出版，感谢枞阳县文联和枞阳县作协的大力支持，在这里，我要特别感谢江少宾先生在百忙中专门为我的文集作序。少宾先生是安徽省著名的散文家，他不吝墨宝，让我倍感荣幸。

我写的这些文字，有的篇幅较长，在流行快餐文化的今天，可能显得累赘啰唆，但人到了一定的年龄易怀旧，一旦沉浸于往事的情境中，就难免絮絮叨叨，敬请读者原谅。

陶善才

2020 年夏于济南